Mahmud Doulatabadi
Die Reise

Mahmud Doulatabadi

Die Reise

Aus dem Persischen von
Bahman Nirumand

Unionsverlag
Zürich

Persischer Originaltitel: *Safar*

Rieterstrasse 18, CH-8059 Zürich
Telefon (0041) 01-281 14 00

Umschlaggestaltung: Heinz Unternährer, Zürich
Foto: N. Kasraian
Druck und Bindung: Offizin Andersen Nexö Leipzig GmbH
ISBN 3-293-00181-5

1

Eine bedrückende Dämmerung füllte den Raum von Meister Safis Laden. Es war weder Tag noch Nacht. Die Luft war trübe, wie eine Staubwolke, vermischt mit Rauch. In dieser dicktrüben Luft verschwanden die Flecken und Risse an den Wänden. Die kleine Schmiedeesse war erloschen. Mochtar stand da, versunken in seine Gedanken. Es schien, als habe er um sich herum alles vergessen. Starr und reglos stand er neben dem Ofen, als suche er in der kalten Asche etwas Bestimmtes.

Meister Safi, ein abgezehrter, hinkender Mann mittleren Alters, saß draußen vor der Tür auf einem kleinen Hocker an der Wand und rauchte. Er hatte sich dem Flug seiner Gedanken hingegeben. Offenbar hatte es zuvor zwischen Meister Safi und Mochtar einen Wortwechsel gegeben, und beide grübelten nun darüber nach.

Schließlich brach Meister Safi die lastende Stille, erhob sich halb von seinem Hocker, streckte seinen Kopf in den düsteren Laden und sagte: »Gott soll dich segnen und mich gesund erhalten. Den Laden gebe ich auf und überlasse ihn der Stadtverwaltung. Ich werde versuchen, selbst einen Trödlerladen aufzumachen. Vielleicht werde ich mich auch am Trödelgeschäft meines Bruders beteiligen. Wer soll denn noch, seit es Traktoren gibt, bei dir und mir Hakenpflug und Dreschflegel kaufen? Und die paar Droschken, die noch am Rande der Stadt hin- und herfahren, werden bald auseinanderbrechen. Die haben längst ausgedient und sind nichts mehr wert.«

Mochtar kam zu sich, hob den Kopf, ging zur Wand, nahm seine Jacke vom Haken und kam auf den Meister zu. Er blieb im Türrahmen stehen.

Meister Safi stand auf. »Bete auch für mich, selbst wenn ich nicht immer gut zu dir war.«

Ohne dem Meister noch einen Blick zu gönnen und ohne ein Wort zu sagen, verließ Mochtar den Laden und machte sich auf den Weg. Er spürte nicht einmal seinen eigenen Schritt. Die Beine führten ihn, der Gewohnheit gehorchend, einfach fort. Er war nicht traurig, auch nicht wütend. Er war des Lebens überdrüssig, er empfand eine Art quälende Gleichgültigkeit, als gehöre er nirgends hin, als sei er ein Mensch ohne Vergangenheit. Er fühlte eine Haltlosigkeit, wie wenn er vom Himmel herabgestürzt wäre und nun in der Luft schweben würde. Was war aus seinem Leben geworden? War es nun verloren? Ist das möglich – plötzlich stellt ein Mensch fest, daß er sein Leben verloren hat? Was geschieht dann mit seinem Leib, seinen Gliedern?

Unwillkürlich schaute Mochtar auf seine Hände. Sie waren leer, rauh und voller Schwielen. Er zog einen Flügel seiner Jacke, die von seiner Schulter herabgeglitten war, wieder hoch und setzte seinen Weg fort. Vor dem Bäckerladen hielt er inne, kaufte ein Brot und ging weiter. Das machte er jeden Abend. Als er den Blick wieder hob, befand er sich schon außerhalb der Stadt. Ein trüber Dunst, vermischt mit Rauch, hüllte die Landschaft ein. Er ging an einigen zerfallenen Pferdekarren und Droschken, an einem demolierten

Wasserbehälter und einer elektrischen Straßenlaterne vorbei und lief in Richtung Bozzu den Gleisen entlang. Ein Weilchen ging er auf dem kleinen Pfad neben den Eisenbahnschienen, dann spürte er Lust, auf den Schwellen zu laufen. Er kletterte zu den Gleisen hoch und begann auf den rauhen Schwellen zu hüpfen.

»Meister Mochtar, Meister Mochtar!«

Mochtar drehte seinen Kopf in die Richtung, aus der die Stimme kam. Eine Droschke hielt neben den Schienen an.

Bibi streckte ihren Kopf aus einer Ecke der Droschke heraus und rief ihm zu: »Komm, steig ein, laß uns zusammen fahren.«

Mochtar sprang vom Bahndamm herunter, lief zur Droschke und sprang auf das Trittbrett. Die Droschke setzte sich in Bewegung. Die Großmutter hatte wie immer ein Reisebündel dabei. Als Mochtar in die Droschke stieg, nahm sie das Bündel auf ihren Schoß, um ihm Platz zu machen. Sobald Mochtar richtig Platz genommen hatte, fragte er Bibi nach ihrem Befinden. Statt ihm zu antworten, sagte sie: »Warum gehst du auf den Schienen?«

Mochtar fragte zurück: »Möchtest du ein Stück Brot?«

Bibi fragte: »Wie geht es deiner Frau und deinem Kind?«

»Es geht ihnen gut, es geht ihnen nicht schlecht. So spät noch unterwegs?«

»Meine Herrin hatte gestern bis spät in der Nacht Gäste. Bis gerade vorhin habe ich Geschirr gespült und sauber gemacht. Erst vorgestern ist mein Herr aus dem Ausland zurückgekehrt.«

»Ausland?« Mochtar merkte selbst nicht, in welchem Ton er das Wort aussprach.

Die Droschke bog in eine Unterführung ein und setzte auf der anderen Seite des Bahndamms ihren Weg fort. Geradeaus, in weiter Entfernung, war ein schwacher Lichtschein zu sehen – aus dem Fenster von Mochtars Zimmer. Die Droschke hielt neben der Mauer. Bibi und Mochtar stiegen aus. Bibi bezahlte das Fahrgeld. Mochtar nahm das Bündel, lief zum Hauseingang und klopfte mit der Schuhspitze an die Tür. Chatun öffnete ihrem Mann, er trat in den Flur, übergab das Bündel seiner Frau und ging ins Zimmer, legte das Brot in die Wandnische, setzte sich auf den Boden und lehnte sich gegen die Matratze.

Chawar lief von dem Nischenvorhang zu ihrem Vater, setzte sich auf seinen Schoß und rieb die Maus, die ihr die Mutter aus einem Tuch genäht hatte, ein paarmal an seiner Nase. Als sie merkte, daß er nicht besonders gut aufgelegt war, lief sie zur Tür und schmiegte sich an die Beine der Großmutter, die sie mit Mühe hochhob. Die Großmutter umarmte ihre Enkelin, trug sie in eine Ecke, öffnete ihr Bündel und überreichte die mitgebrachten Kleidungsstücke und das Obst, das sie gepflückt hatte.

Chatun, die sich schon auf dem Flur nach dem Befinden ihrer Mutter erkundigt hatte, setzte sich neben den Samowar, schenkte ihr Tee ein. Auch ihrem Mann setzte sie ein Glas Tee vor. Mochtar nahm mürrisch das Glas, stellte es auf eine Untertasse, stand auf, warf seine Jacke auf das Bettlager, krempelte seine Hemdsärmel hoch und ging hinaus. Seine Frau folgte ihm, füllte eine Gießkanne mit Wasser. Mit hochgekrempelten Hemdsärmeln hockte Mochtar an der Grube, seine Frau goß ihm Wasser über die Hände. Mochtar rieb seine kräftigen rauhen Hände gegeneinander, näßte auch die Arme bis zum Ellbogen, wobei er Gebete murmelte.

»Hast du mit jemandem gestritten?« fragte die Frau.

»Seit wann bin ich denn streitsüchtig?« antwortete er.

»Was ist denn mit dir los?«

»Nichts.«

»Nichts? Runzelst du ohne Grund die Stirn?«

Mochtar beendete die Waschung seiner Hände. Er stand auf, fuhr sich mit nassen Fingern durch das Haar. »Meister Safi will einen Trödlerladen eröffnen.«

»Und was wird aus dir?«

Statt einer Antwort ertönte das langgezogene Pfeifen der Eisenbahn. Mochtar ging durch den Flur ins Zimmer und trocknete Hände und Gesicht mit dem Vorhang. Das Wasser im Samowar kochte leise vor sich hin. Chatun goß Wasser nach. Chawar spielte mit der Apfelsine, die ihr die Großmutter mitgebracht hatte, und die Großmutter war gerade dabei, ihrer Enkelin ein Paar nicht zusammenpassende Socken anzuziehen. Mochtar nahm das Gebetbuch von der Wandnische, legte es auf den Boden und begann zu beten. Chatun achtete nicht auf ihren Mann, setzte sich zornerfüllt mit dem Rücken zu ihm neben den Samowar. Und während sie den Deckel hob und ihren Kopf zur Seite neigte, um den heißen Wasserdampf nicht ins Gesicht zu bekommen, sagte sie: »Was wird dann aus der Schmiedewerkstatt? Was wird aus dir?«

Mochtar hatte schon zu beten begonnen. »Gott ist groß«.

Nach dem Beten wurde gegessen. Auch beim Essen gab Mochtar auf die Fragen seiner Frau und der Großmutter keine Antwort. Er blieb still. Bald nach dem Essen gingen Chawar und Bibi in die Hinterkammer, richteten ihr Bettlager. Nicht daß sie schliefen, sie legten sich einfach hin. Vor allem die Großmutter lauschte mit offenen Augen und sorgenvollem Blick hinter dem Vorhang, um kein Wort zu verpassen.

Im Zimmer lagen Mochtar und Chatun nebeneinander. Die Flamme der Petroleumlampe war niedriggestellt, ein fahler Lichtschein erhellte die Gesichter des Ehepaares. Beide lagen mit offenen Augen da und schienen in ihre Gedanken versunken. Die Frau hatte das Gesicht ihrem Mann zugewandt und ihre Hand unter den Kopf gelegt. Mochtar lag auf dem Rücken, mit dem Unterarm auf der Stirn, und starrte ins Dunkel der Decke. Er war still, man spürte, daß Schweres auf ihm lastete.

»Ich denke, ich fahre nach Kuwait«, sagte Mochtar.

»Kuwait, wo ist Kuwait?« fragte die Frau.

»Ein Ort, ungefähr wie andere Orte auf der Welt.«

»Sind da viele Schmiedewerkstätten?«

»Nein, aber es gibt andere Arbeit. Da sollen die Löhne ziemlich hoch sein.«

»Woher weißt du das?«

»Alle sagen das.«

»Ein fremdes Land.«

»Da leben viele Iraner.«

»Und wir? Was wird aus uns?«

»Ich werde euch Geld schicken.«

»Meine Mutter sagte, sie werde ihren Herrn um eine Arbeit für dich bitten.«

»Ich habe keine Lust, als Dienstbote zu arbeiten. In fünf Jahren bin ich alt. Ich kann nicht bis an mein Lebensende für andere schuften. Ich werde nach Kuwait fahren, vielleicht kann ich etwas Geld zurücklegen und später hier eine eigene Bude aufmachen.«

»Hier gibt es doch in den Häusern genug Arbeit für dich«, erwiderte Chatun.

»Ich bin ein alter Schmied, bin schon fünfunddreißig, vierzig Jahre alt. Um in den Häusern arbeiten zu können, muß man entweder jung sein oder ein Spezialist, sonst bekommt man wenig Lohn. Es ist ohnehin schwer, als Selbständiger eine Arbeit zu finden.«

»Was wird dann aus unserem Haus?«

»Morgen werde ich den Spalt in der Wand zumauern.«

Am nächsten Morgen machten sich Mochtar und Chatun gemeinsam daran, die zerfallende Wand zu richten. Bibi und Chawar saßen an der Sonne, in einer Ecke des Hofes. Die Großmutter machte aus ihrem bunten Taschentuch für ihre Enkelin eine neue Maus. Mochtar strich die Lehmmasse, die zwischen seinen Fingern klebte, auf die Mauer und sagte zu seiner Frau: »Gib mir die Ziegel!«

Die Frau legte die Ziegel in seine Hände, Mochtar fügte diese auf die Mauer, und als wollte er das Gespräch vom Vorabend fortsetzen, sagte er: »An allem ist deine Mutter schuld. Wie wäre ich sonst zu einem so abgelegenen Haus gekommen? Wenn ich jetzt das gesparte Geld hätte, wäre ich einen großen Teil unserer Probleme los.«

»Du kannst es jetzt verkaufen«, sagte Chatun.

»Wer will schon dieses Haus haben? Gib mir Lehm!«

Die Frau reichte ihm die Schüssel mit dem Lehm. »Du kannst es verpfänden.«

Mochtar häufte den Lehm auf die Mauer, strich ihn glatt. »Diese Gegend gehört nicht zum Stadtgebiet. Reich mir die Ziegel!«

Die Frau nahm einen Ziegel auf. Doch bevor sie sich ganz aufgerichtet hatte, fiel ihr Blick auf die tiefblauen Augen eines Gendarmen.

Der patrouillierende Gendarm stand auf der anderen Seite der Mauer und lächelte sanft. »Möge Gott dir Kraft geben, Meister Mochtar!« sagte er.

Mochtar hob den Kopf, erblickte den Gendarm und sagte: »Gott schütze dich, Wachmeister, sei gegrüßt.«

»Endlich renovierst du diese Mauer. Das ist beruhigend für uns.«

»Was soll ich tun. Bisher fand ich keine Zeit dazu.«

»Ja, da hast du auch wieder recht. Man hat ja immer eine Menge Arbeit.« Bei diesen Worten blickte der Gendarm Chatun in die Augen. Chatun schaute verstohlen weg.

Mochtar, der sich noch immer an der Mauer zu schaffen machte, sagte: »Komm herein und trink eine Tasse Tee mit uns!«

»Danke, heute nicht, vielleicht ein andermal. Ich bin auf dem Weg zur Wache.«

Mochtar drehte sich nach ihm um. Der Gendarm ging an der Mauer vorbei und verschwand.

Mochtar schaute zuerst seine Frau an, blickte dann dem Gendarm nach und legte den letzten Ziegel auf die Mauer. Dann trat er ein paar Schritte zurück, betrachtete sein Werk. Ja, die Mauer war gerade. Er setzte sich an die Grube, verschränkte seine Hände, senkte den Kopf und sagte: »Bring mal die Gießkanne!«

Der Tag durchlief seine vorgegebene Bahn. Der nächste Morgen brach an. Mochtar und seine Familie standen auf dem kleinen Bahnhof neben einem Reisebündel. Nur die Großmutter hatte sich hingesetzt. Sie rauchte Pfeife. Alle schienen traurig und nachdenklich. Ein blaßgrauer Sonnenschein fiel auf sie. Chatun stand neben Mochtar. Chawar hatte ihre Hand in die ihres Vaters gelegt. Niemand sagte ein Wort. Als ob es nichts mehr zu sagen gäbe. Die Lippen waren geschlossen, Schweigen. Seit sie das Haus verlassen hatten, nein, schon seit feststand, daß Mochtar gehen würde, schwiegen sie, als hätte man ihre Hälse mit Watte zugestopft.

Doch schließlich hielt es Chatun nicht mehr aus. An Mochtar gewandt sagte sie: »Können wir auch von hier aus Briefe schicken?«

»Warum nicht. Kuwait ist ein Land wie jedes andere. Ich werde meine Briefe an die Gendarmeriestation adressieren.«

In der Ferne tauchte der heranfahrende Zug auf. Die Großmutter erhob sich. Mochtar nahm seine Tochter in den Arm, dann küßte er seine Frau, nahm sein Bündel, schaute Bibi an und sagte: »Ich vertraue meine Familie zunächst Gott, dann dir an.«

Die Großmutter brachte kein Wort heraus, wischte ihre Tränen mit einem Zipfel ihres Schleiers ab und schüttelte die Asche ihrer Pfeife weg. Der Zug kam an, bildete vor ihnen eine Mauer, verminderte seine Geschwindigkeit und kam für wenige Augenblicke zur Ruhe. Dann setzte er sich wieder in Bewegung, fuhr ab, fuhr immer schneller und ließ den Bahnhof hinter sich. Er trug jetzt Mochtar in seinem Bauch. Die Familie stand neben den Schienen und schaute auf den Rücken des sich entfernenden Zuges. Eine fröstelnde Stille breitete die Flügel über ihnen aus. Jede war auf ihrem Platz erstarrt. Es schien, als fehle ihnen der Mut, sich gegenseitig anzuschauen. Einige Augenblicke lang blieben sie festgewurzelt stehen und starrten ins Leere. Schließlich brach Chatun das Schweigen. »Was sollen wir tun?«

Bibi nahm Chawar an die Hand, ging die Schienen entlang. Chatun folgte ihnen.

2

Bei dem Lastwagen, in dessen Laderaum Marhab einen Platz gefunden hatte, war ein Scheinwerfer defekt und brannte nicht. Nur aus dem linken Scheinwerfer ragte eine Lichtsäule hervor, bohrte ein Loch durch die Nacht und bahnte so den Weg. Marhab hatte sich in seinen Mantel eingehüllt und hielt sich an den Stangen zu beiden Seiten fest. Das war das dritte Fahrzeug auf seinem Weg von Gilan in die Hauptstadt. Auch hier sollte er nicht vorn sitzen. Aber hinten, auf den Brettern hatte er es nur wenige Kilometer ausgehalten. Er war nach vorn gekrochen, hatte sich neben dem Bett des Beifahrers verkrümmt und sich an den Stangen festgehalten.

Von Mandjil bis hierher hatte er ständig den Wind ins Gesicht bekommen. Seine Wangen und seine Augen brannten, die Ohren dröhnten vom Wind. Bei einer Weggabelung vor der Stadt verminderte der Lastwagen in der Nähe der Eisenbahnschienen seine Geschwindigkeit, hielt schließlich am Straßenrand. Der Beifahrer streckte seinen Kopf und die Hälfte der Schulter aus dem Fenster heraus und rief: »Spring ab, in der Stadt ist das Mitfahren verboten.«

Marhab sagte: »Jawohl«, und er warf sein Bündel aus dem Verladeraum auf die Straße und kletterte über die eiserne Leiter herunter. Während er die Zipfel seiner Wolldecke zusammenlegte, versuchte er mit allen Worten und Gesten, die er beherrschte, dem Fahrer und dem Beifahrer verständlich zu machen, wie dankbar er ihnen war. Und als der Lastwagen sich wieder in Bewegung setzte, hob er seinen Arm und winkte den beiden nach. Später fiel ihm ein, daß er auch seinen Hut hätte nehmen und damit winken können. Aber nun war es zu spät. Vielleicht würde er die beiden Männer nie mehr sehen, so wie er bisher unzählige Menschen gesehen hatte und an ihnen vorbeigegangen war, denen er nie wieder begegnen würde. Was für ein Tumult in dieser Welt herrschte!

Marhab ergriff die Zipfel seiner Wolldecke und legte die Decke auf die Schulter, dann hob er sein Bündel auf die andere Schulter und ging auf das Teehaus zu, das am Wegrand stand. Der Wirt war gerade dabei, die Tür zu schließen. Marhab warf einen Blick hinein und betrat leise den Raum. Einen Augenblick lang hielt er inne, schaute um sich. Alles war sehr eng hier. Auf den beiden Bänken lagen Schlafende. Einer war gerade dabei sich hinzulegen.

Marhab ging in eine Ecke und richtete sich einen Platz ein.

Der Wirt wandte sich ihm zu und fragte: »Bettzeug?«

Marhab sagte: »Ich habe eine Decke dabei.« Er legte das Bündel unter seinen Kopf, deckte sich mit der Wolldecke zu, zog die Beine an, sog die Wärme des Raumes in seine Lungen und überließ sich dem Schlaf.

»Willst du denn gar nie schlafen? Dieser Knirps hockt schon den ganzen Abend in der Ecke und raucht eine Zigarette nach der andern.«

Marhab verfolgte die Richtung, in die der Blick und die Stimme des Wirts zielten, und sah einen jungen Mann, der in einer Ecke an der Wand hockte. Er war mager und blaß und hatte ein längliches Gesicht. Auf die Frage des Wirts warf er ihm einen durchdringenden Blick zu und sagte: »Kümmere dich nicht um mich. Wenn du willst, kannst du das Licht ausmachen.«

Der Wirt faßte an die Glühbirne, ließ die Luft heraus und sagte: »Amen.«

Die Dunkelheit füllte den Raum. Marhabs Augen sahen noch die Glut der Zigarette und fielen dann in den Schlaf.

Am nächsten Morgen, als es Brot und Tee gab, kroch Marhab zu jenem jungen Mann und versuchte mit ihm ein Gespräch zu beginnen. Es schien ihm nützlich, mit solchen Menschen Bekanntschaft zu schließen. So begann er, bevor der Wirt ihnen das Tablett mit Brot und Tee vorsetzte, zu reden: »Bist du auch fremd hier?«

»Nein.«

»Warum schläfst du dann hier im Teehaus?«

Eine Weile wartete Marhab auf Antwort.

Offensichtlich war der junge Mann verbitterter und verschlossener als Marhab gedacht hatte.

Trotzdem ließ er nicht nach. »Ich jedenfalls bin fremd hier. Ich dachte, vielleicht geht es dir ähnlich. Nun, wie nennst du dich?«

»Ali.«

»Also bist du nicht fremd hier?«

»Du bist auch nicht fremd, das merkt man an deiner Aussprache.«

Mit einem Lächeln, wie es häufig auf Marhabs Lippen lag, sagte er: »Du paßt aber gut auf. Ja, ich stamme auch aus dieser Gegend. Aber ich war lange fort, daher komme ich mir fremd vor. Das heißt, überall wo ich bin, fühle ich mich irgendwie unwohl, nicht daß ich tatsächlich ein Fremder wäre, nein, nur so ... Ich merke, daß ich überall fremd bin. Überall hat der Himmel dieselbe Farbe ... Und doch ist er immer wieder anders. Zum Beispiel dort, wo ich gestern war, goß das Wasser wie von einem nassen Handfeger herunter. Ein unbarmherziger Regen, so stark, daß du, wenn du nur einen Schritt vor die Terrasse gemacht hättest, so naß geworden wärest wie eine durchs Wasser gezogene Maus. Aber hier, hier zum Beispiel, hier ist es ganz anders. Morgens scheint die Sonne, aber es weht ein scharfer Wind. Vorhin, als ich kurz draußen war, brannten meine Wangen und mein Gesicht so stark wie eine mit Salz bestreute Wunde.«

»Wo warst du gestern?« Diese Frage stellte Ali an Marhab. Also war er gewillt zu reden.

Marhab antwortete: »Ich war in Gilan. In der Nähe von Rascht. Dort arbeitete ich in einer Holzfabrik. Bist du schon einmal dort gewesen?«

Ali schüttelte den Kopf, stellte sein leeres Teeglas auf den Untersatz und sagte: »Ich bin nicht einmal bis nach

Mesgarabad gekommen. Warst du im Sommer in Gilan?«

»Ja, zuletzt.«

»Bis jetzt.«

»Ja, klar.«

»Warum bist du dann zurückgekommen?«

»Was habe ich dir gerade vor einer Minute gesagt? Dort regnet es ständig. Wir sind daran nicht gewöhnt, bekommen Gliederschmerzen. Da verkrampft sich der ganze Körper. Abends legst du dich hin, und wenn du morgens aufwachst, ist dein Bett feucht. Als ob du ins Bett ... Nein, solche Worte nimmt man nicht in den Mund ... Zweitens: wenn man immer am selben Ort bleibt, langweilt man sich, man verfault.«

»Herr Moschir, bitte noch einen Tee«, sagte Ali.

Marhab sagte: »Zwei. Bist du arbeitslos?«

»Suchst du Arbeit?«

Marhab schob seinen Hut ein wenig hin und her und sagte: »Ach nein, nein, so nötig habe ich es auch nicht. Ich möchte mich vorläufig ein wenig umschauen und vergnügen. Aber, na ja ... schließlich muß ich ja doch irgendetwas anfangen. Ich werde schon etwas finden ... Weißt du, ich habe eine ganze Menge Freunde und Bekannte. So schutzlos und hilflos bin ich nicht. Andererseits möchte ich natürlich auch nicht jeden bitten. Du weißt ja, wie das ist, man wird so klein. Ein paar große Tiere kenne ich auch. Aber nun, sag du mal, was du machst.«

Ali leckte an seinen Lippen, wischte mit der Zunge die Brotreste von den Zähnen, schluckte sie herunter und sagte: »Ich ... ich ... na, ich bin auch irgendwie beschäftigt, arbeite in der Fabrik.«

»Was denn zum Beispiel? Was machst du in der Fabrik?«

Ali äußerte sich wieder langatmig: »Zum Beispiel baue ich Rohre. Fabrikrohre.«

»In welcher Abteilung?«

»Am Schmelzofen.«

»Auch im Sommer?«

»Im Sommer und im Winter.«

»Trägst du deshalb eine Brille? Deine Augen haben darunter gelitten.«

»Ach, lassen wir das.«

Marhab sagte: »Dort, wo ich war, arbeitete ich an der Sägemaschine. Nicht, daß ich schon ein Meister wäre. Aber wenn ich noch ein halbes Jahr geblieben wäre, wäre ich vielleicht Meister geworden ... Sag mal, kann man hier in der Gegend ein billiges Zimmer finden? Bekommt unsereins hier überhaupt ein Zimmer?«

»Nicht als Junggeselle. Das müßte schon ein Zufall sein.«

»Übernachtest du deshalb hier im Teehaus?«

Ali wurde einen Augenblick lang still. Dann sagte er: »Nein, deshalb nicht.« Er stand auf, knöpfte seine Jacke zu. »Es wird mir zu spät. Ich muß gehen. Es ist sicher halb sieben.«

Er machte sich auf den Weg. Marhab begleitete ihn bis zur Theke, ließ Ali nicht das Frühstück bezahlen. Ali verabschiedete sich und ging aus dem Teehaus.

Marhab hielt einen Augenblick inne, dann ging er ebenfalls hinaus und rief ihm nach: »Bruder, Bruder...«

Ali blieb stehen. Die Hände in die Jackentaschen gesteckt und den Hals bis zu den Ohren unter den

Kragen gezogen, drehte er sich um und sagte: »Ja, was ist denn?«

»Ich hatte vergessen, dich etwas zu fragen.«

»Was?«

»Ich wollte wissen, ob du heute abend wieder hierher kommst.«

»Vielleicht, vielleicht komme ich«, sagte Ali. Er wollte weitergehen.

Da hielt ihn Marhab abermals an. »Noch etwas.«

»Was?«

»Ich wollte wissen, ob in eurer Fabrik auch eine Schreinerei ist?«

»Ich weiß es nicht. Das weiß ich nicht so genau. Ich habe aber gehört, daß die Gummifabrik Arbeiter sucht.« Länger blieb Ali nicht stehen. Er drehte sich um, zog die Schultern ein und ging.

Marhab blieb noch eine Weile stehen, blickte ihm nach. Dann kehrte er ins Teehaus zurück und sagte: »Einen Tee mit Zucker, bitte.«

3

Ach, wie angenehm sich die Sonne auf dem Körper anfühlte!

Marhab verstaute sein Bündel in einer Ecke des Teehauses, bezahlte Tee, Brot und Übernachtung und ging hinaus. Vor dem Eingang blieb er eine Zeitlang stehen und genoß die angenehme Wintersonne. Die Trübnis, die er von den nebligen und schwülen Wäldern des Nordens mitgebracht hatte und die seine Sinne beherrschte, wurde durch diesen Glanz, diese Wärme, diese Farben allmählich aufgelöst und hinweggewischt. Dies war das Reich der Stadt Rey.

Marhab steckte noch einmal den Kopf durch die Tür des Teehauses hinein und fragte den Wirt: »Stimmt es, daß die Gummifabrik Arbeiter einstellt?«

»Genau weiß ich es nicht, aber ich habe auch davon gehört.«

»Wie kommt man dahin?«

»Rechts, in Richtung Karadj.«

»Halte mir die Bank neben der Tür für heute abend frei, gestern abend war es mir kalt. Behalte auch mein Bündel im Auge. Meine Kleider und eine Wolldecke sind darin.«

Moschir sagte gelangweilt: »Hier ist alles sicher, mach dir keine Sorgen.«

Marhab ging neben den Eisenbahnschienen den Weg entlang, die Sonne fiel ihm auf Rücken und Schultern. Es wehte ein scharfer Wind. Die Erde unter seinen Füßen war trocken, als sei sie in der Nacht gefroren. Er schlug den Kragen seiner Jacke hoch, zog die Wollmütze, die er bei einem Beifahrer gegen ein Taschenmesser getauscht hatte, bis zu den Ohren herunter, steckte die Hände in die Taschen und versuchte, mit möglichst großen und schnellen Schritten voranzukommen.

Auf dem Weg herrschte wenig Betrieb, gelegentlich fuhr ein Auto an ihm vorbei und hinterließ Abgasschwaden. Bevor er die hohen Mauern des Kühlhauses passierte, holte er einen Pferdekarren ein. Ein Klepper schleppte den Karren, und ein alter Mann, eingehüllt in einen Sack aus Leinwand, hockte darauf. Marhab beschleunigte seine Schritte, erreichte fast im Lauf den

Karren und fragte laut rufend nach dem Weg zur Gummifabrik.

Der alte Mann schaute zu Marhab herüber. Von seinem Gesicht waren lediglich zwei Augen, einige Barthaare und ein Paar graue Augenbrauen zu sehen, denn der Alte hatte Kopf, Ohren und Hals in einen Schal eingehüllt. Sein Schnurrbart war durch die Flüssigkeit, die ihm aus der Nase geflossen war, feucht geworden. Sobald er den Mund zum Sprechen öffnete, quoll Dampf wie ein Ring aus Rauch durch seine Lippen nach außen. Marhab merkte, daß der alte Mann seine Frage nicht verstanden hatte. Kein Wunder, das Geräusch des Hufschlags, das Klingeln der Glöckchen und Murmeln und das Kreischen und Krachen der Räder, ließen keinen anderen Ton, keine Stimme an die in den Schal gewickelten Ohren des alten Mannes dringen. So rief Marhab noch lauter: »Die Gummifabrik. Ich fragte, wo die Gummifabrik ist.«

Der Alte riß heftig an den Riemen des Pferdes, trieb das Tier an. »Was weiß ich, Gevatter. Von hier an bis zum Ende von Schahriar sind Fabriken. Ich weiß es nicht.«

Marhab sagte nichts mehr, trat ein paar Schritte zurück und kroch leise hinter den Karren, zog sich sachte hoch und setzte sich mit dem Rücken zum Alten auf das hintere Ende des Karrens. Der alte Mann war wohl so sehr mit sich selbst beschäftigt, daß er gar nicht auf den Gedanken kam, sich umzuschauen. So wurde er schweigend und geräuschlos, unbemerkt vom Kutscher, zu dessen Mitreisendem. Sie fuhren an der Polizeiwache vorbei, passierten auch die Ziegelei und immer noch hatte der alte Mann nicht gemerkt, daß jemand auf dem Karren saß, das glaubte jedenfalls Marhab. Doch als sie an einer Fabrik angelangt waren, vor deren Tor ein Haufen Leute versammelt waren, drehte sich der Alte um und sagte: »Vielleicht ist es hier, spring ab, lebe wohl!«

Marhab war überrumpelt, ließ sich vom Karren herabfallen. Der alte Mann warf ihm einen schrägen Blick zu, lachte ihn laut an. »Bist ein schlauer Bursche, aus dir wird noch was.«

Einen Augenblick lang brachte Marhab kein Wort heraus. Er schaute dem quietschenden Karren und dem gekrümmten Buckel des Mannes solange nach, bis sie hinter einem Hügel verschwanden. Danach begab er sich zu den Menschen, die vor der Fabrik standen. Er mischte sich unter die Menge. Alte, junge und Männer mittleren Alters, sogar ganz flinke Burschen, die Brust der Sonne zugewandt oder die Hände in die Achselhöhlen gesteckt und den Rücken gekrümmt, gingen auf und ab, die Menge machte einen unruhigen Eindruck. Es war kalt, und jeder war angespannt, besorgt um seine Zukunft. Jeder stellte sich die Frage: »Werden sie mich nehmen?« Sicher sagten sich einige: »Ich bin doch weitaus kräftiger als mein Nebenmann, der so kläglich dasteht. Oder etwa nicht? Mit dem bin ich jederzeit zu einem Ringkampf bereit.«

Andere dachten: »Schau dir dieses Monster an. Der Kerl glaubt, mit diesem riesigen Körper ließe sich mehr schaffen. Er hat keine Ahnung, daß das Arbeiten mit einem dicken Schädel nichts zu tun hat. Ein richtiger Arbeiter muß Charakter haben, die Substanz ist entscheidend, nicht der Stiernacken. Hoffentlich weiß das auch derjenige, der die Arbeiter aussuchen soll, wenigstens dies sollte er wissen. Aber hier geht doch alles drunter und drüber. Die Leute hier denken mit den Augen. Wenn sie meinen kleinen Körper, meinen dürren Hals sehen, werden sie mich wegschicken.« Ein anderer sagte sich: »Wie kann man denen begreiflich machen, daß man mit zunehmendem Alter reifer und geschickter wird.« Ein junger Mann, mit gehobenen Schultern, gestrecktem Hals und runden, braunen Augen, dachte laut und sagte: »Sie werden nur die Jüngeren nehmen, die unter Dreißig. Auch das Körpergewicht und die Körperkraft sind für die Einstellung entscheidend. Ihr könnt sagen, was ihr wollt, ich weiß es im voraus.«

»Eine Reihe, bildet ein Reihe, los, los!« Der Fabrikwärter trat aus dem Eingang, seine Oberlippe war von einem kräftigen Schnurrbart überdeckt, und während er den Rest eines Bissens zerkaute, ließ er seine tiefe, hallende Stimme ertönen: »Ja, so ist recht, eine Reihe, an der Wand entlang. Er wird gleich kommen, ja er kommt, da ist er.«

Alle Augen folgten dem Blick des Wärters und starrten auf die Stirn und die Brillengläser eines hageren Mannes, der gerade aus einem Auto ausstieg. Der Mann schlug die Autotür zu, lief an der Menschenmenge vorbei, ging zum Eingang und rief dem Wärter, der ihm zum Gruß seinen Kopf neigte, zu: »Schicke jeweils vier herein, jeweils vier.«

Der Wärter faßte an den Türgriff, lehnte die Tür an und rief: »Langsam, kein Aufruhr, jeweils vier, gleich von hier an. Ruhe, Ruhe, jeder kommt dran. Geht ihr vier zuerst hinein, du als Erster, du als Zweiter, du als Dritter und du als Vierter.«

Die ersten vier verschwanden durch die Tür, und die nächsten vier rückten nach, stellten sich dicht neben den Wärter. Der Wärter stemmte beide Hände gegen die Brust eines jungen Mannes, der zu dicht an ihn herangerückt war und drückte ihn zurück. »Benimm dich anständig. Habe ich euch nicht gesagt, daß ich keinen Aufruhr will? Wer sich nicht still verhält, den lasse ich nicht hinein. Verstanden?«

Der junge Mann, dem sein weiches, schwarzes, langes Haar über die Ohren fiel, drehte sich um und schrie: »Laßt das Drängeln und Schubsen. Hier werden keine Almosen verteilt!«

Marhab hatte sich neben den gestellt, der gesagt hatte, man werde nur junge Männer aufnehmen. Er verhielt sich ruhig, zählte im Stillen die, die vor ihm in der Reihe standen. Er wird wohl in der vierten Gruppe sein, die hineingelassen wird, zusammen mit dem, der gesagt hat: »Ich weiß es im voraus«. Na ja, lange wird es nicht dauern. Es war eine Menge Schlauheit nötig gewesen, um unter den ersten zwanzig zu sein. Wenn er nicht aufgepaßt hätte, wäre er vielleicht der hundertfünfzigste geworden.

Die ersten vier kamen heraus, die zweite Gruppe ging hinein, dann die dritte Gruppe, und nun war endlich Marhabs Gruppe dran, ein junger Mann, noch fast ein Kind, ein Mann im mittleren Alter, und ein junger Mann, der seinen Hals gestreckt und steif hielt, runde, braune Augen hatte – er hatte gesagt, er wisse es im voraus. Bisher hatte Marhab die Gesichter derer beobachtet, die wieder herausgekommen waren. Unter diesen sechzehn waren nur zwei, deren Augen Zufriedenheit ausstrahlten. Den anderen hingen die Ohren schlaff herunter, mit gerunzelter Stirn hatten sie sich schleunigst aus dem Staub gemacht. Einer von ihnen hatte sogar gesagt: »Ihr Verdammten ...«

Nun war Marhabs Gruppe an der Reihe.

Der Wärter sagte: »Ihr da! Du Erster, du Zweiter, du Dritter, du Vierter.«

Er legte die Hand auf Marhabs Schulter, schob ihn hinein und schloß hinter ihm die Tür. Ein Mann stand vor der Bürotür und zeigte der Gruppe den Weg. »Hier lang.«

Marhab und die drei anderen betraten das Büro. Zwei Männer hinter zwei Schreibtischen, einer war derselbe, der vorhin mit dem Auto angekommen war. Der andere hatte dicke, rote Lippen, einen kahlen Schädel, und er hatte nur ein Ohr. Von Marhabs Gruppe begaben sich zwei an den einen Tisch, Marhab und der Mann im mittleren Alter wurden zu dem Einohrigen geführt.

»Wie heißen Sie?«

»Marhab, Mohammed Marhab, man ruft mich Marhab. Ich bin für jede Arbeit geeignet.«

Der Mann hob den Kopf, blickte ihn mit seinen häßlichen Augen an und fragte erstaunt: »Marhab?«

»So ungefähr, Herr, auf den meisten Gebieten kenne ich mich aus.«

»Alter?«

»Vier-, fünfundzwanzig.«

»Vierundzwanzig oder fünfundzwanzig?«

»Vierundzwanzigeinhalb.«

»Kannst du lesen und schreiben?«

»Ja, schon ...«

»Wehrdienst?«

»Schon geleistet, Herr.«

»Stell dich auf die Waage.«

Marhab stellte sich auf die Waage, und während er mit den Füßen darauf drückte, sagte er: »Ich kann mit Leichtigkeit bis zu vierzehn Stunden am Tag arbeiten.«

Der Mann bückte sich ein wenig über den Tisch, betrachtete aufmerksam die Gewichtskala der Waage und warf Marhab einen Blick zu.

»Wie sieht es aus?« fragte Marhab.

»Zu wenig.«

»Zu wenig? Wieviel soll man denn wiegen?«

»Mindestens siebzig. Es geht um körperliche Arbeit.«

»Na und, für mich ist das nichts Neues, mein Herr. Ich wußte ja schon, daß es sich um körperliche Arbeit handelt. Meine Arbeit ist immer eine körperliche Arbeit.«

»Dein Gewicht ist zu niedrig, mein Lieber.«

»Mein Gewicht, Herr. Mein Gewicht ...«

Der Mann schaute ihn scharf an. »Raus, mein Herr, wir haben schließlich noch zu tun.«

Marhab sagte nichts, ging hinaus und begab sich zu denen, die draußen in der Reihe standen.

Der Wärter schnauzte ihn an. »Was stehst du hier herum, hau endlich ab.« Marhab schaute ihn nur an.

Einer aus der Reihe fragte: »Wie war's?«

Marhab schwieg.

Ein anderer sagte: »Man merkt, daß er niedergeschlagen ist.«

Marhab schaute ihn apathisch an.

Ein dritter sagte: »Er ist enttäuscht.«

Ein vierter meinte: »Nimm es nicht tragisch, manchmal hat man eben Pech.«

Der junge Mann mit den runden, brauen Augen kam heraus. Sein gestreckter Hals war noch steifer geworden. Ohne auf die Bemerkungen der anderen zu achten, schaute Marhab den jungen Mann an. Der junge Mann warf lächelnd und voller Stolz einen Blick auf die Wartenden und machte sich auf den Weg. Ruhig und leichten Schrittes lief ihm Marhab nach, bis er seinen Schatten erreichte.

»Bruder«, sagte er.

»Verzeihung, ich wollte was fragen.«

»Ich höre.«

»Sie sind doch aufgenommen, oder nicht?«

»Ach, ich glaube schon.«

»Ich wollte fragen, wieviel Sie wiegen.«

Ein Lächeln bildete sich auf den Lippen des jungen Mannes, seine braunen Augen glänzten. »Vier oder fünf Kilo über siebzig.«

»So ist das«, sagte Marhab und ging seines Weges.

Die Sonne hatte sich überall ausgebreitet. Marhab zog den Kragen seiner Jacke herunter und den Rand seiner Mütze von den Ohren hoch.

4

Wie ein Gespenst, schmal und langgestreckt, lief Chatun durch die Nacht, unter der Eisenbahnbrücke hindurch, auf dem schmalen Pfad, der zu ihrem Haus führte. Leise öffnete sie die Tür und verschwand im dunklen Gang. Ihre Mutter Bibi und ihre Tochter Chawar waren noch wach. Sie waren aufgeblieben, wollten erfahren, was sie erreicht hatte. Bibi hatte den

Korsi geheizt und eine Gemüsesuppe gekocht. Chatun legte ihren Schleier ab, legte ihn auf das Wäschebündel und setzte sich, ohne ein Wort zu sagen, an den Korsi. Ihre Mutter stellte keine Fragen. Sie wollte, daß Chatun von sich aus zu reden begann. Auch Chawar war still, sie trank ihren Tee. Bibi schenkte Chatun Tee ein. Chatun hatte sich bis zu den Schultern unter der Decke verkrochen, so daß nur noch ihr Gesicht zu sehen war. Ihr Blick war starr.

Ihre Mutter schob ihr die Teetasse näher hin und sagte nach einer Weile: »Was hast du erreicht? Hast du ihn gesehen?«

»Hm, ich habe ihn gesehen.«

»Na und, was hat er gesagt?«

»Was sollte er sagen, dieser Meister Safi ist nicht derselbe wie früher. Er hat mich wie eine Fremde behandelt, so daß ich vor Kälte beinahe erfroren wäre. Als ob er mich nicht kennen würde. Seit kurzem ist er auch noch am Trödlerladen seines Bruders beteiligt. Das einzige, was er für uns tun könnte, meinte er, sei, uns ein paar Sachen, die wir loswerden wollen, abzukaufen. Aber was können wir schon verkaufen? Wir haben doch nichts, was wir zu Geld machen könnten.«

»Verflucht sei jeder, der soviel Frechheit und Unverschämtheit besitzt. Hättest du ihm doch gesagt, daß wir außer ihm niemanden mehr haben.«

»Glaubst du, ich habe ihm das nicht gesagt?«

»Na, und was hat er darauf geantwortet?«

»Er sagte, ich solle ihm den Teppich bringen, den er für Mochtar auf Teilzahlung gekauft hatte. Er werde den Teppich gegen Barzahlung sofort verkaufen.«

»Und was hast du gesagt?«

»Ich sagte: Gut, wenn ich ihn verkaufen will, werde ich mich an dich wenden.«

»Warst du bei der Gendarmerie?«

»Ja, aber es ist noch kein Brief, auch keine Nachricht von ihm da. Ich war auch bei Mochtars Freund, dem Schmied. Wie hieß er noch, Sadegh, Sadegh Scharmu. Aber er war nicht da.«

»Er war nicht da? Wo war er?«

»Er soll zum Militärdienst eingezogen worden sein.«

Chawar fragte: »Hat man meinen Vater auch zum Militär eingezogen?«

Chatun schaute ihre Tochter an. »Nein, mein Kind. Er ist verreist.«

»Weißt du seit wieviel Tagen?«

»Ich habe die Tage nicht gezählt.«

Chawar sprang vom Korsi auf, ging zur Wand, dorthin, wo sie ihre Puppen untergebracht hatte, und zählte die Striche, die sie an der Wand gezogen hatte. »Hundertund..., hundertundneunzehn Tage, morgen sind es hundertzwanzig Tage.«

»Ja, liebes Kind«, sagte Chatun, »als er abreiste, war es Herbst, komm, setz dich wieder hin.«

»Ich ziehe gleich jetzt auch den Strich für morgen.«

»Ja, tu das.«

Chawar nahm eine Nadel, zog einen neuen Strich. »Nun sind es einhundertzwanzig.«

Bibi fragte ihre Tochter: »Willst du etwas essen?«

»Ich habe keinen Appetit, eßt ihr ruhig.«

Bibi stand auf, um Brot und ein Tischtuch zu holen. Sie murmelte vor sich hin. »Wenn er geblieben wäre, hätte mein Herr ihm schon irgendwie unter die Arme gegriffen und ihm eine Arbeit verschafft. Als Wärter bei der Bank, oder an einer Schule, oder als Diener bei einer Behörde. Jedenfalls hätte der Mann auf irgendeine Weise sein Brot verdienen können. Auch jetzt ist mein Herr vermutlich der Einzige, der dir helfen könnte. Morgen, wenn ich zur Arbeit gehe, werde ich ihm das sagen. Wenn ich merke, daß er es nicht ernst nimmt, werde ich mich an seinen Sohn wenden.«

»Wer ist denn der Sohn?«

»Sein Sohn ist ein bescheidener, anspruchsloser Mensch, ein ganz anderer Schlag als sein Vater. Ein ruhiger Typ, der nur mit sich selbst beschäftigt ist.«

»Richte du jetzt das Abendessen und gib dem Kind was zu essen. Es ist hungrig. Alles andere können wir später besprechen. Ich kann doch ohne Mochtars Erlaubnis nichts machen.«

Bibi brachte das Eßtuch und Brot: »Wenn er tatsächlich so sehr um dich besorgt wäre, hätte er dir wenigstens zweihundert Taman geschickt.«

Ein heftiger Wortwechsel draußen auf der Straße ließ Bibi verstummen. Die Stimmen drangen über die Mauer ins Haus hinein: »Du sollst stehen bleiben, habe ich gesagt.«

»Na schön, ich bleibe stehen. Zu Befehl!«

»Was schleichst du mitten in der Nacht um fremde Häuser herum? Was treibst du hier?«

»Was ich hier treibe? Siehst du das nicht?«

Chatun erkannte die Stimme des Gendarmen. Sie erhob sich, schaute durchs Fenster. Der Gendarm leuchtete mit der Taschenlampe in Marhabs Gesicht und fragte ihn aus. »Ich frage dich, was du hier treibst.«

»Ich gehe meinen Weg. Was kümmern mich die fremden Häuser?«

»In Ordnung. Dann geh weiter.«

»Ich gehe ja schon.«

»Laß dich bloß nicht mehr hier in der Gegend blikken.«

Ohne eine Erwiderung warf Marhab dem Gendarmen über die Schultern einen Blick zu und ging. Chatun zog den Vorhang zu und setzte sich an den Korsi. Bibi brachte einen Topf, stellte ihn auf den Korsi und fragte: »Wer war das?«

»Ein junger Mann und der Gendarm.«

»Wer war der Mann?«

»Weiß ich nicht, es geht mich auch nichts an. Dieser Gendarm will uns die ganze Zeit demonstrieren, daß er uns beschützt.«

Bibi ging zum Fenster, richtete sich auf, um Ausschau zu halten. Die Nacht hatte sich überall ausgebreitet.

»Ich sehe niemanden. Anscheinend sind sie schon fortgegangen. Bist du dem jungen Mann schon einmal in unserer Gegend begegnet?«

»Ich habe ihn ein paarmal an den Eisenbahnschienen gesehen.«

Bibi schaute ihre Tochter prüfend an, sagte aber nichts.

Marhab dachte, das müßte er sein. Ali saß an der Böschung des Bahndamms und warf Kieselsteine hinunter. Marhab ging auf ihn zu und blieb in seiner Nähe stehen. »Was treibst du hier, so spät am Abend?«

Ali schaute auf, nahm seine Brille, heftete seinen Blick auf Marhab und sagte: »Was machst du denn hier? Schleichst du hinter dieser Brünetten her?«

»Was hast du für abwegige Gedanken? Kannst du wieder nicht schlafen? Siehst du, das ist es. Nachts kannst du nicht ruhig schlafen, und so stehst du tagsüber dösend am Kessel. Ich fürchte, eines Tages wirst du in den Kessel hineinfallen und verbrennen.«

Sie waren Freunde geworden. Ali hatte in der Schreinerei der Fabrik für Marhab eine Arbeit gefunden, und Marhab war dabei, ihn aus seinem lustlosen, eintönigen Dasein herauszuholen. Sie hatten einander viele ihrer Geheimnisse mitgeteilt und planten nun, eines Tages endlich ein sauberes Zimmer im obersten Stockwerk eines Hauses zu mieten, ein Zimmer mit Balkon. Sie hatten sich vorgenommen, endlich eines Abends miteinander Wodka trinken zu gehen. Und dann würde Marhab Ali in den Puff mitnehmen. Wenn der Sommer kam, wollten sie an den Wochenenden nach Farahzad oder Golabdareh fahren. Noch etwas hatte Marhab Ali versprochen. Er werde ein Fahrrad kaufen, auf dem sie zu zweit fahren könnten. Doch bisher waren sie nicht in der Lage gewesen, sich auch nur einen einzigen dieser gemeinsamen Wünsche zu erfüllen. Einmal hatte Marhab Ali zu den Frauen mitgenommen. Aber Ali hatte sich nicht getraut, unter so vielen Augen sich einer zu nähern und mit ihr in ein Zimmer zu gehen. So hatte er sich verschüchtert und mit gesenktem Haupt aus dem Staub gemacht. Marhab hatte ihm versprochen, sie würden sich das nächste Mal, bevor sie dahin gingen, betrinken. Zu diesem Versprechen hatte Ali geschwiegen.

Marhab setzte sich unterhalb von Ali auf die Böschung. »Sei ehrlich, warum konntest du nicht einschlafen?«

»Es geht nicht, ich kann einfach nicht einschlafen. Bei diesem Husten kann man nicht schlafen. Er hustet ständig. Er hustet solange, daß einem das Herz blutet. Er ist ja schließlich mein Vater. Und meine Tante schimpft die ganze Zeit. Ich weiß nicht, was ich verbrochen habe, daß gerade mir ein solches Schicksal widerfahren muß.«

»Es wäre gut, wenn solche Eltern stürben, bevor sie fünfzig sind. Das wäre doch für sie selbst eine Befreiung und für andere eine Entlastung. Reich mir die Streichholzschachtel.«

Ali gab ihm die Schachtel. »Schon der Gedanke, ich müßte bis zu meinem Lebensende an dem Kessel stehen, mit diesem heißen Dampf in den Augen, macht mich fast wahnsinnig.«

»Dann laß es doch sein. Wenn du dir über alles so viele Sorgen machst, wirst du spätestens in vier Jahren unter der Erde liegen. Sorgen können Qualen nicht heilen. Ist das nicht so? Je mehr du jammerst, desto übler geht es dir. Wenn du die Nase voll hast, mußt du einfach abhauen. Genauso wie ich es mache. Laß einfach alles laufen.«

»Du bist allein, hast für niemanden zu sorgen. Bei mir ist das anders.«

»Ach, ich war noch übler dran als du. Aber ich habe einfach allem den Rücken gekehrt. Meine Mutter fiel in Schah Abdolazim vom Zug herunter, wurde überfahren und von den Rädern zerquetscht. Sie wollte gratis zu dem Pilgerort fahren. Dann verlor ich meinen Vater. So blieb ich mit meinem Schatten allein. Was denkst du, was ich gemacht habe? Etwa mich hingehockt, die Knie in die Arme geschlossen und geheult?

Mitnichten. Ich bin abgehauen. Und nun bin ich, wie du siehst, hier gelandet. Sollte es mir hier irgendwann nicht gefallen, werde ich wieder abhauen.«

»Wie machst du das eigentlich, daß du immer fröhlich bist?«

Marhab lachte, sog kräftig an der Zigarette, gab Ali die Streichholzschachtel zurück und sagte: »Zieh du zunächst einmal deinen Kopf aus den Schultern hoch, bis ich dir alles erzähle. Komm, steh auf, ich habe einen Plan.«

»Was für einen Plan?«

Marhab klammerte seine Hand um den Arm seines Freundes, zog ihn hoch und ging an den Eisenbahnschienen entlang. »Es geht auf meine Rechnung. Zunächst werden wir Wodka trinken und dann, wenn du Lust hast, dorthin gehen.«

Ali verlangsamte seine Schritte und sagte: »Nein, nein, dahin gehe ich nicht.«

»Gut, dann eben nicht. Aber sag mal, kennst du diesen Gendarm?«

»Wieso, will er mit dir anbändeln?«

»Na ja ...«

Auf der Straße blieben sie stehen. Ein Auto, bei dem nur ein Scheinwerfer brannte, näherte sich. Marhab streckte den Arm aus und sagte: »Glaubst du, daß er uns mitnimmt?«

Das Auto fuhr an ihnen vorbei. Marhab ließ den Arm fallen und fluchte.

Ali sagte: »Mir scheint, daß der Vorarbeiter unserer Schreinerei nicht mit dir zufrieden ist.«

»Wieso das denn, habe ich vielleicht mit seiner Mutter gepennt?«

»Ich glaube, deine Halsstarrigkeit paßt ihm nicht. Man erzählt, daß du ihm zu oft auf die Füße trittst.«

»Ja, selbstverständlich mache ich das. Was denkst du denn. Wenn ihm das nicht gefällt, soll er seinen Kram mit saurem Tee herunterspülen. Glaubst du, daß ich mich für acht Tuman Tageslohn umbringen werde. Ich schwöre dir, wenn ich es mir vornehme, werde ich selbst aus den Gedärmen von Steinen Geldscheine herausziehen. Warte erst einmal ab, bis ich das Fahrrad gekauft habe.«

»Da kommt ein Auto«, sagte Ali.

5

Die Sonne schien immer noch, aber allmählich hatte ihr Schein die Mauer erreicht und war dabei, über die Mauer hinweg sich draußen auf das flache Feld zu legen. Es sah so aus, als flüchte sie auf Zehenspitzen aus Mochtars Haus heraus. Niemand war im Haus. Nur die kleine Tochter, Chawar, saß in der Sonne und spielte mit den Stoffmäusen, die Bibi ihr aus Tüchern gebastelt hatte. Sie schien verloren in ihrer kleinen Welt. So würde sie niemals auf den Gedanken kommen, daß sich jemand von außen her in die Wasserrinne, die unter der Mauer ins Haus führte, hineingelegt hatte und sie mit furchtvollen Augen anschaute. Wer war das? Als Chawar auf das Pfeifen, das aus der Wasserrinne kam, aufmerksam wurde, wandte sie ihren Kopf dahin und erblickte den Mann. Es war Marhab. Dort hinter der Mauer hatte er sich auf den Bauch gelegt, sein Gesicht in den Rahmen der Wasserrinne gesteckt und schaute nun das kleine Mädchen an. »He, he, was machst du?«

Chawar antwortete: »Ich nähe eine Steppdecke für meine Puppe.«

»Zeig es mir mal.«

»Das mache ich nicht, du willst sie klauen.«

»Nein, warum sollte ich sie klauen. Sag mal, wer ist bei euch zu Hause?«

»Niemand. Meine Mutter ist ausgegangen, und meine Großmutter arbeitet bei ihrem Herrn.«

»Bist du auch abends mit deiner Mutter allein?»

»Nein, unser Hund ist auch noch da.«

»Möchtest du Fahrrad fahren.«

Marhab klingelte mit der Klingel seines Fahrrads. Chawar sprang auf, lief zu der Wasserrinne und sagte: »Ja, wo?«

Marhab zögerte einen Augenblick und sagte dann: »Ich meine nicht jetzt. Später irgendwann. Komm jetzt her. Nimm diesen Stoff und nähe damit ein Bettlaken für deine Puppe.« Er nahm ein seidenes Taschentuch, knüllte es zusammen und warf es durch das Loch in den Vorhof.

Chawar nahm das Tuch, schaute es freudestrahlend an und fragte: »Wer bist du?«

Marhab wußte keine Antwort und sagte unwillkürlich: »Ich ..., ich bin dein Onkel. Jetzt werde ich gehen. Gott schütze dich, Gott schütze dich.«

Die Sonne war bereits untergegangen. Marhab stand auf, schüttelte den Staub und die Erde von seiner Kleidung, faßte das Lenkrad seines Fahrrads und fuhr in die Richtung der Eisenbahnschienen.

Bibi und ihre Tochter kamen aus der Gegenrichtung. Marhab hielt einen Moment inne, ließ seinen Blick über Chatuns Körper gleiten und fuhr an den beiden vorbei. Ein paar Schritt weiter hielt er an und betrachtete Mutter und Tochter. Sie entfernten sich, flüsterten sich dabei etwas ins Ohr: »Kennst du ihn?«

»Nein, ich habe ihn nur ein paarmal hier in der Gegend gesehen.«

Bibi setzte ihr Gespräch fort: »Er ist ganz harmlos, ist geschieden und singt jetzt in den Kneipen da draußen. Die Frau war zu leichtlebig und hat es nicht vermocht, einen so braven Mann zu halten. Du kannst dir nicht vorstellen, wie lieb und nett dieser Mann ist. Jede Woche, wenn ich hier vorbeikomme, fragt er, wie es dir geht. Er fragt so nach dir; als wäre er mit dir verwandt. Es gibt Menschen, die sehr gutmütig sind. Gott gebe ihm ein langes Leben. – Und er fragt ständig, wo wir wohnen.«

»Wo wir wohnen?«

Sie kamen zum Haus. Chatun steckte den Schlüssel ins Schloß, öffnete die Tür. Beide betraten den Gang. Unbeabsichtigt und unbewußt schaute Chatun verstohlen auf den Weg zurück und wurde dabei des jungen Mannes gewahr, der mit seinem Fahrrad auf den Eisenbahnschienen stand und das Haus beobachtete. Chatun schloß die Tür und ging ins Zimmer, küßte ihre Tochter Chawar und ging sogleich in den Hinterhof. Die Tochter rannte ihr nach, zeigte ihr ein seidenes Tuch und sagte, da sei ein Mann gewesen, ein Onkel, und habe ihr das Tuch geschenkt. »Er hatte auch ein Fahrrad«, fügte sie noch hinzu.

Chatun biß sich auf die Lippen. »Laß es genug sein und rede nicht wie ein Papagei. Geh und schau mal, was Bibi dir mitgebracht hat. Damit verglichen ist dieses Tuch nichts.«

Chawar lief zu Bibi und sagte: »Komm, mach mir mit diesem Tuch eine große Maus.« Bibi nahm das Tuch, alle gingen wieder ins Zimmer.

»Eines Tages, oder eines Abends, werde ich ihn zu uns bringen«, sagte Bibi.

»Zu uns? Das heißt ..., das heißt ...«

Bibi nahm ein Foto aus ihrem Geldbeutel und zeigte es Chatun. »Schau dir doch mal dieses Foto an. In Wirklichkeit sind seine Lippen ein wenig dunkler, weil er gelegentlich ein paar Züge Opium raucht.«

Chatun legte das Foto in die Hand ihrer Mutter. »Was braust du da zusammen? Bist du hohl im Kopf? Ich habe doch einen Mann, ich bin eine ehrbare Frau.«

Bibi setzte sich wütend in eine Ecke. »Habe einen Mann, einen Mann! Wenn er ein richtiger Ehemann wäre, hätte er dir wenigstens Segenswünsche und Grüße geschickt, er wäre nicht einfach abgehauen, ohne sich auch nur einmal umzudrehen. Außerdem wird er dich, wenn er hierher käme, sicher nicht auffressen. Ob du nun einen Mann hast oder nicht, er will dir nur unter die Arme greifen. Er will doch nicht ... Was soll man dazu sagen? Wer weiß denn, ob dein Mann jemals aus dem fremden Land zurückkehren wird?« Chatun setzte sich auf die Truhe und sagte in bedrücktem Ton: »Wieso hast du immer so abwegige Gedanken? Kann es für sein Schweigen nicht auch andere Gründe geben? Vielleicht ist er noch nicht dazu gekommen, mir einen Brief zu schreiben, vielleicht kehrt er bald mit vollen Händen zurück. Warum bist du so pessimistisch?«

»Weißt du, wie lange er schon weg ist?«

Chawar rannte zur Mauer. »Ich weiß es, es sind jetzt zweihundertundvier Tage, seitdem er weggegangen ist.«

»Na also, es ist der achte Monat. Acht Monate, überlege dir das gut.«

Es klopfte an der Tür. Chatun rief verärgert: »Wer ist es denn noch so spät am Abend?«

»Mach auf, ich bin es.«

»Ich öffne niemandem am Abend. Mein Mann ist nicht zu Hause.«

»Ich bin es, ich habe eine Nachricht von deinem Mann, vom Meister Mochtar.«

Chatun erkannte die Stimme des Gendarmen. Er muß von der Wache gekommen sein. Sie legte ihren Schleier über, rannte zur Tür und sprach dabei zu sich selbst: »Was für eine Nachricht? Eine Nachricht von Mochtar?« Sie öffnete die Tür, der Mann trat ein, ging an Chatun vorbei, betrat das Zimmer, setzte sich auf den Rand der Truhe, senkte den Blick, schaute zu Boden.

Chatun fragte wieder: »Was für eine Nachricht? Ein Brief?«

»Es ist keine besonders gute Nachricht.«

»Was ist, rede schon!«

Der Gendarm drehte ein paarmal die Worte im Mund herum und sagte schließlich: »Wehe dem, dem das Los zuteil wird, dergleichen Nachrichten zu überbringen ... Ich weiß es nicht ... Irgendwer hat, wie es mir scheint, diesen Brief geschrieben und an die Gendarmerie geschickt ...«

Chatun nahm ihm den Brief aus der Hand, starrte, ohne lesen zu können, auf das Papier, zerknüllte es plötzlich, ihr Kummer zerplatzte, sie fiel zu Boden. Chawar rannte zu ihrer Mutter. Chatun nahm sie in ihre Arme und fiel ins Weinen. Auch Bibi kamen die Tränen.

Der Gendarm erhob sich. »Mein Gott«, flüsterte er und ging zur Tür hinaus. Aber das Heulen der Frauen klang immer noch in seinen Ohren. Und dieses Heulen der Frauen dauerte bis zum nächsten Tag an, in der prallen Sonne, im Angesicht der Heiligen. Dort trauerte Chatun um ihren Mann. Am selben Ort fiel sie in Ohnmacht, am selben Ort trug man sie aus der versammelten Menschenmenge heraus, goß ihr Wasser übers Gesicht, am selben Ort beendete sie die Trauerfeier. Dann stand sie auf, nahm ihre Tochter bei der Hand und ging zu Fuß in Begleitung ihrer Mutter zu der hohen alten Mauer des Kühlhauses, um ihre Brust von der Last des Kummers zu erleichtern. Es scheint, daß in solchen Zeiten nur die Einsamkeit hilfreich ist. Also legte sie die Hand ihrer Tochter in die ihrer Mutter, schickte sie nach Hause und irrte selbst in fremden Gassen herum bis zum späten Abend. Als sie sich auf den Heimweg machte, war die Sonne schon untergegangen, es war dunkel geworden. Die elektrischen Straßenlaternen brannten schon. Sie passierte die Unterführung unter der Eisenbahnbrücke und ging auf dem schmalen Weg, der zu ihrem Haus führte. Sie achtete nicht auf das, was um sie herum geschah.

Dennoch konnte sie jenen jungen Mann nicht übersehen, der sich in der Nähe ihres Hauses aufhielt. Marhab lehnte neben der Brücke an seinem Fahrrad und schaute, wie sie ging. Aber Chatun war noch zu sehr von Trauer erfüllt, als daß sie sich hätte nach ihm umdrehen und ihn anblicken können. Also ging sie schweigend und abwesend ihrem Hause entgegen, um dort in Ruhe nachdenken zu können.

6

»Was ist los?« sagte Moschir. »Du bist schon seit Tagen schlecht gelaunt.«

Ali fuhr mit der Spitze eines Streichholzes zwischen die Zähne. »Was geht dich das an?«

Moschir räumte den leeren Topf, die Schüssel und den Stößel vom Tisch und ging.

»Sei nicht so grob zu ihm. Wir brauchen ihn noch«, sagte Marhab.

Ali sagte: »Bring zweimal Tee. Gleich geht die Fabriksirene los.«

Ali und Marhab verbrachten ihre Mittagspause wie andere Arbeiter, die an verschiedenen Stellen arbeiteten, unter dem Sonnenschirm in Moschirs Teestube.

»Du solltest, solange du das Fahrrad fährst, nach deinem Vater Ausschau halten«, sagte Marhab.

»Daran habe ich auch gedacht«, antwortete Ali.

»Aber ich wage es nicht bei diesem Meister. Er hat einen üblen Ton und ist sehr kleinlich. Wenn du zwei Minuten zu spät kommst, bombadiert er dich mit den schlimmsten Schimpfwörtern. Ich werde heute abend zu meinem Vater gehen.«

Moschir stellte den Tee vor Marhab. »Hoffentlich zieht es dich nicht schon wieder in die Ferne.«

»Nein, an sowas denke ich nicht.«

»Was fehlt dir denn? Man sieht kein Lachen mehr

auf deinen Lippen. Du wirst dich doch nicht verliebt haben?«

Marhab lachte. »Verliebt? Mit leeren Taschen?«

Ali mahnte: »Komm, laß uns aufbrechen, bevor die Sirene losgeht.«

Sie tranken ihren Tee und erhoben sich. Marhab nahm das Fahrrad, schob es an der Lenkstange und ging neben Ali her. Er sagte: »Es wird allmählich warm.«

»Ja, hoffentlich hast du nicht Sehnsucht nach einem kühleren Ort bekommen«, antwortete Ali. »Übrigens, ich möchte dir etwas sagen. Bist du dir eigentlich bewußt, daß du dich zu oft um dieses Haus herumtreibst?«

»Wieso denn?«

»Nur so. Ich fürchte, daß der Gendarm dir Schwierigkeiten macht. Es gibt viele, die auf diese Frau ein Auge geworfen haben. Einer davon ist dein Meister. Er ist ein geiler Bock. Jeden Donnerstagabend geht er in den Puff, erzählen die Kollegen. Man sagt, er habe auch noch eine Freundin. Dabei ist er verheiratet und hat vier Töchter. Eben aus diesem Grund legt er dir ständig Steine in den Weg und versucht, einen Streit vom Zaun zu brechen. Bist du jetzt im Bilde? Viele sitzen dieser Frau auf der Lauer.«

Marhab nickte. »Soweit ich beobachten konnte, gehört sie nicht zu jener Sorte von Frauen, die bei jedem auf das Trittbrett springen.«

»Das ist nun deine Sache.«

Auf dem Fabrikgelände trennten sich die beiden, und jeder ging in die eigene Abteilung.

Nach Feierabend nahm Marhab den Freund auf die

Zwischenstange seines Fahrrads, fuhr ihn nach Hause nach Jaftabad und begab sich, ohne zu warten, in Moschirs Teehaus. Er kämmte sich, zog ein frisches Hemd an und ging dorthin, wo er sich jeden Abend aufhielt. Es war ihm zur Gewohnheit geworden. Sobald es dunkel wurde, machte er sich auf den Weg zu Chatuns Haus, legte sich auf die Schienen, hockte auf der Erde, schlenderte herum, umkreiste es mit dem Fahrrad und versuchte wenigstens Chatuns Schatten zu sehen. Wenn ihm das nicht gelang, konnte er vor Sorge nicht ruhig schlafen, als habe er etwas verloren. Er war weit herumgekommen, aber noch nie war er so in die Falle gegangen. In Gorgan war er zwar Rochsar gegenüber schwach geworden, aber nie so von ihr gefesselt worden. In jenen Jahren hatte er bei den Sabzevaris auf den Baumwollfeldern die Schellentrommel spielen gelernt, auch den Tanz der Gutschanis beherrschte er bald. Er lernte schnell, aber den Tanz und das Trommelspielen lernte er besonders schnell. Abends, nach der Feldarbeit, ging er zusammen mit Gleichaltrigen zu der Wasserpumpe, und sie veranstalteten ein Fest. Rochsar war auch meistens dabei und schaute ihnen zu. Wie sie aussah, himbeerfarben!

Eine Droschke kam, fuhr durch die Unterführung in die Richtung von Chatuns Haus. Marhab ließ sie nicht aus den Augen. Die Droschke hielt an, ein Mann stieg aus. Marhab setzte sich auf sein Fahrrad und fuhr hin. Kurz vor dem Eingang hielt er an. Der Mann klopfte an Chatuns Haustür. Die Tür wurde ihm geöffnet. Der Kutscher zog die Zügel des Pferdes und lenkte es in die Richtung, aus der er gekommen war, dann blieb das Fuhrwerk stehen. Das Pferd bewegte ein paar Mal die

Ohren, der Kutscher drehte sich zweimal nach dem Hauseingang um und hielt Ausschau, einen Augenblick später kam der Mann in Begleitung von Chatun wieder aus dem Haus heraus. Gemeinsam trugen sie etwas aus dem Haus. Es schien ein Teppich zu sein. Der Kutscher stieg ab, half mit. Sie legten den Teppich in die Kutsche. Der Kutscher stieg wieder auf den Bock, auch der Mann stieg in die Droschke und stellte seine Füße auf den Teppich. Als die Droschke anfahren wollte, rief Chatun: »Meister Safi, betrachte den Teppich als deinen eigenen. Mit dem Geld müssen wir viele Löcher stopfen.«

»Ich werde tun, was ich kann. Es kommt auf den Kunden an.«

Die Droschke setzte sich in Bewegung. Chatun blieb noch eine Weile vor dem Eingang stehen, dann ging sie ins Haus und schloß die Tür. Marhab blieb ein Weilchen stehen. Dann faßte er Mut und ging leise auf das Haus zu, kroch der Mauer entlang und hockte sich vor das Fenster.

Chawars Stimme drang aus dem Zimmer nach außen: »Hat er ihn mitgenommen?«

»Ja, mitgenommen schon.«

»Warum ziehst du dein schwarzes Kleid aus, Mutter?«

»Die Trauerzeit ist zu Ende, mein liebes Kind.«

Von Angst und Begierde erfüllt, richtete sich Marhab auf, stand auf den Fußspitzen und blickte durch eine Ecke des Fensters in das Zimmer. Chatun war dabei, ihr schwarzes Kleid auszuziehen. Sie stand mit dem Rücken zum Fenster. Marhab konnte nur ihre Schultern, die Schulterblätter, die Hüften und ihre Hinterbacken sehen. Ihre Haut war nicht sehr hell, aber er spürte, daß sie sehr zart und weich sein mußte. Chatun ging zu der Truhe, holte ihr rotes Kleid heraus und zog es an. Dann ging sie zum Spiegel, fuhr sich mit der Hand über das Haar. Marhab hielt es nicht mehr aus, beugte und setzte sich. Er schloß seine Augenlider und gab sich seinen Gedankenflügen hin. Dann stand er auf, nahm sein Fahrrad vom Boden und fuhr zu Moschirs Teehaus. Unterwegs begegnete er Bibi, die gemeinsam mit einem Mann nach Hause ging. Schweigend fuhr er an ihnen vorbei und hielt ein paar Schritte weiter an. Bibi nahm den Mann mit ins Haus. Kurz darauf erhob sich Chatuns Stimme. Sie schrie und beschimpfte ihre Mutter. Sie sagte: »Wer hat dir erlaubt, einen fremden Mann zu mir ins Haus zu bringen? Es ist mir gleichgültig, ob er der Sohn des Grundbesitzers ist. Was kümmert es mich. Ich bin doch keine Hure!«

Marhab näherte sich wieder dem Haus.

Bibi versuchte, Chatun umzustimmen. Der Mann kam heraus, niedergeschlagen und bewegt begab er sich auf den Weg zu den Eisenbahnschienen. Marhab wollte ihn ansprechen, aber er merkte, daß er völlig außer sich war.

Er kam noch näher und horchte an der Mauer. Weinen war zu hören, alle drei weinten miteinander, Chatun, Chawar und Bibi. Zwischendurch sagte Bibi: »Was wird nun mit mir geschehen, welches Schicksal erwartet mich? Sie werden mich aus ihrem Haus hinauswerfen, sie werden mich hinauswerfen. Er weiß ja nicht, was für ein Luder du bist. Er wird denken, ich hätte ihm hier eine Falle gestellt. Mein Gott, sie werden mich hinauswerfen.« Marhab drückte seine Hände gegen seine Stirn. Ein Schatten kam näher. Es war der Gendarm. Marhab stand auf und dachte, irgendwie muß ich mich zerstreuen.

7

Es war ein heißer Freitag. Ali hatte seinen dürren Körper entkleidet und war dabei, am Rande des Flusses sein Unterhemd und seine Socken zu waschen. Die Sonne schien auf sein nasses Haar, das in dem grellen Schein glänzte. Zunächst hatte er mit Marhab im Wasser herumgetobt, dann hatte er sich hingesetzt, um seine Wäsche zu waschen. Etwas entfernt vom Fluß lag Ali auf dem Bauch und bewegte seine Beine in der Luft. Neben ihm lagen zwei halbgegessene Melonenstücke. Ihm gegenüber wusch ein alter Kutscher – eben jener, der Marhab im Winter auf seinem Karren zur Gummifabrik gefahren hatte – seinen Wagen. Man sah, daß er aus seiner winterlichen Hülle herausgekrochen war. Er hatte nur ein Hemd mit offenem Kragen an, seine weißen Brusthaare ragten hervor, seine schmalen Beine standen bis unter die Knie im Wasser, die Barthaare hatte er gekürzt. Die Hosenbeine hatte er bis zu den Schenkeln hochgekrempelt und war dabei, seinen Blecheimer mit Wasser zu füllen, um damit den unteren Teil seines Wagens abzuspülen. Das Pferd war bereits gestriegelt und lief frei in der Sonne. Auch die braunen Haare des Pferdes glänzten, genauso wie die Haare Alis, im Schein der Sonne.

Ali wusch das Unterhemd, dann breitete er das Hemd auf einem Busch aus, auch die Socken legte er in die Sonne. Dann kam er zu dem Fluß zurück, ging ins Wasser, säuberte seine Füße und schlüpfte in die Schuhe. Er krempelte die Hosenbeine herunter, zog sein Hemd an und ging zu Marhab, nahm ein Stück Melone, um noch einmal den Saft aus der Schale zu trinken. Er sagte zu Marhab: »Du scheinst ja immer noch bekümmert. Sage doch endlich, was mit dir los ist.«

»Nichts, gar nichts.«

»Geht es um jene Frau?«

»Ja und nein. Man fängt irgendetwas an, und wenn man später darüber nachdenkt, fragt man sich: Was nun? Irgendwie wird es schon gehen. Plötzlich weiß man weder aus noch ein, weiß nicht, was man tun soll. Fast bereut man, was man getan hat, und bereut es wiederum nicht, man ist betrübt oder auch nicht, man ist zufrieden, aber auch unzufrieden. Ich weiß es nicht, weiß es nicht. Pah!«

»Vermutlich hast du auch Probleme in der Fabrik?«

»Ach was, welche Probleme meinst du? Bist du fertig mit dem Waschen?«

»Ja, ich habe die Wäsche zum Trocknen ausgelegt.«

Ali zündete sich eine Zigarette an. Marhab stand auf und sagte: »Du qualmst wie ein Ziegelofen. Mensch, rauche nicht soviel. Es schadet deiner Gesundheit. Was meinst du, wieviel Kraft du hast? Bald geht dir die Luft aus!« Ohne auf Alis Antwort zu warten, sprang Marhab hoch, und als ob er vor sich selbst flüchten wollte, rannte er zum alten Mann und nahm ihm den Blecheimer ab. »Du hast jetzt genug gearbeitet, Gevatter, geh, setze dich hin und ruhe dich aus. Ich werde den Wagen waschen.«

Marhab wusch rasch und aufgeregt den Karren, hängte den Eimer daran, kam aus dem Wasser heraus und sagte zu Ali: »Laß uns packen und gehen!«

Der Alte schlang seine Arme um den Hals seines Pferdes und zog es zum Karren. Ali nahm sein Unterhemd und seine Socken vom Gebüsch und machte sich im Gleichschritt mit Marhab auf den Weg. Marhab winkte dem alten Mann und rief: »Gott schütze dich!« Der alte Mann nickte mit dem Kopf.

Unterwegs sagte Ali: »Es scheint, daß die Geschichte mit der Frau dir die Lebenslust raubt. Jetzt schwingst du nicht mehr so große Töne.«

»Wir sind doch jetzt Freunde«, lächelte Marhab.

»Freunden gegenüber schwinge ich nie große Töne. Das ist eine unangenehme Gewohnheit von mir. Wenn ich jemandem, der mir fremd ist, begegne, fange ich an zu prahlen. Ich weiß auch nicht, wie ich dazu komme. Vielleicht, weil ich mich nicht entblößen will. Aber später, wenn ich mit dem Fremden quitt bin, verhalte ich mich ihm gegenüber klarer als der Spiegel. Zum Beispiel, erinnerst du dich an jenen Abend, an dem wir uns in der Teestube begegnet sind? Da habe ich dir erzählt, daß ich zahlreiche angesehene Bekannte und Verwandte hätte. Doch gerade an jenem Abend war ich der einsamste Mensch auf Erden. In meinen Taschen konntest du kaum einen Heller finden. Trotzdem mußte ich dir gegenüber prahlen. Ich bin viel in der Welt herumgekommen. Daher kann ich über alles reden. Ich weiß selbst nicht, wie ich das ganze Geschwätz zusammenbastle. Die Sätze kommen von alleine. Weißt du, wie ich mich manchmal fühle? Ich halte nichts mehr aus. In solchen Situationen laufe ich einfach davon. Ich ertrage es nicht, mich für ein Stück Brot zu verkaufen. Verstehst du das? Ich kann nicht von morgens bis abends der Knecht meines Bauches sein. Verdammt noch mal, du kannst dir nicht vorstellen, wie es in meinem Schädel aussieht, wenn ich mich in meine Gedanken und Phantasien versenke, was ich für Sehnsüchte habe. Irgendwie bekomme ich das Gefühl, wegfliegen zu wollen wie ein Kondor. Ich stelle mir vor, ich könnte so vieles leisten, jede Aufgabe übernehmen. Wenn mein Hirn zu spinnen beginnt, kann ich meine Phantasie nicht mehr zügeln. Es ist ein unbeschreiblicher Zustand. In solchen Augenblicken kommt es mir so vor, als könnte ich eine ganze Armee verwalten und führen. Das ist der Grund, warum ich es nirgendwo lange aushalte. Ich bin irgendwo, schufte und schufte, und auf einmal, wie am Ende einer Sackgasse, stehe ich verdutzt da und frage mich, was das Ganze bedeuten soll. So kehre ich um, gehe in eine andere Richtung, suche einen neuen Weg. Ständig bin ich auf der Suche. Wenn du mich aber fragst, was ich suche, weiß ich selbst keine Antwort. Auch andere können es mir nicht sagen, aber vielleicht wollen sie es mir nicht sagen. Mir kann ja doch keiner helfen. Bei alledem muß ich auch noch diesem Furz, diesem Meister in der Fabrik gehorchen und seine Prahlerei und Angeberei ertragen. Ich habe schon an jedem Ort dieses Landes und fast in jeder Branche gearbeitet. Ich habe Baumwolle gepflückt, geerntet, Zuckermelonen gepflanzt, beim Straßenbau gearbeitet, war Maler, Bauarbeiter, Omnibusfahrer, Schreiner. Heute hier, zehn Tage später woanders. Wie eine Schwalbe. Eines Tages fühlte ich, daß Teheran mir nichts mehr geben konnte, so machte ich mich mit Gottes Hilfe auf nach Gorgan, dort war es zu warm, ich ging nach Kermanschah, da war es zu mild, ich ging nach Bodjnuard. Und so ging es weiter. Nirgends hielt ich es längere Zeit aus. Ich gebe zu, ich weiß selbst nicht, was ich will.«

»Steigt auf.«

Es war der alte Kutscher, der ihnen mit seinem Karren nachgefahren war. Marhab und Ali sprangen auf den Karren auf. Irgendwie fühlten sie sich glücklich, sie empfanden ein Gefühl der Zuneigung. Zuneigung dem Alten gegenüber. Alle drei schwiegen.

Schließlich drehte sich der alte Mann um und sagte: »Arbeitest du jetzt in der Gummifabrik?«

»Nein, Gevatter, da wurde ich nicht aufgenommen.«

»Wo arbeitest du jetzt?«

»In der Schreinerei der Rohrfabrik.«

»Kennst du dich also auch in der Schreinerei aus?«

»Ja, in etwa ... meine Hände sind mit Nägeln und Hammer ein wenig vertraut.«

Der alte Mann dachte kurz nach, dann sagte er in freundlichem Ton: »Ehrlich gesagt, als ich dich zum erstenmal sah, konnte ich mir nicht vorstellen, daß du zu irgendeiner Arbeit taugst. Ich überlegte mir, was du wohl für einen Beruf haben könntest. Zu dem Händlervolk paßt er nicht, habe ich gedacht, er ist auch kein Landknecht, wie ein erfahrener Arbeiter sieht er ebenfalls nicht aus. Was ist er dann?«

Marhab lachte und wollte mit dem Alten ein wenig witzeln: »Sei ehrlich, was hast du dann gedacht?«

»Ich dachte, du seist aus der Kaserne oder von einem ähnlichen Ort geflüchtet.«

»Sowas, hast du meine Locken nicht gesehen?«

Der Alte lächelte: »Du hattest doch eine Mütze auf. Hast du es vergessen?«

Marhab warf seinem Freund einen Blick zu. »Merkst du, was ich längst vergessen habe, hat er noch im Kopf. Nun, sag mal, was glaubst du, woher ich geflüchtet sein könnte.«

Der Alte lachte: »Ach, laß es gut sein.«

»Die Musikanten«, sagte Ali, und Marhab folgte seinem Blick. Auf der anderen Seite der Straße, an der Mauer des Kühlhauses, nahe der Eisdiele, spielte eine Gruppe von Straßenmusikanten. Um sie herum hatte sich eine Menge Menschen, die ihren freien Freitag draußen verbrachten, versammelt.

»Hast du Lust, da zuzuschauen?«

Ali sagte: »Wenn du magst.«

»Gott schütze dich, Gevatter, und hab Dank.« Sie sprangen vom Karren.

Mitten in einem Kreis, den die Zuschauer gebildet hatten, spielten und tobten Musikanten, zwei von ihnen tanzten. Der Flötenspieler mit einem gelben Käppchen auf dem Kopf hatte ein ovales Gesicht. Beim Spielen der Flöte wirkten seine Backen wie stark aufgeblasen. Marhab konnte nicht herausfinden, aus welcher Gegend er stammte, aus Kurdistan, Gilan oder Chorasan, vielleicht auch aus einer Gegend, in die Marhab bisher nicht gereist war. Trotzdem fühlte er sich in der Lage, in die Arena zu gehen und nach einer Melodie zu tanzen. Wenn die Musik und der Tanz noch weiterhin so anregend fortgesetzt worden wären, hätte er sich vermutlich nicht zurückhalten können. Doch etwas hielt ihn davon ab und ließ ihn völlig erlahmen:

Chatuns Augen. Er sah Chatuns Augen zwischen den Schaulustigen, Augen, die immer wieder durch die sich bewegenden Arme und Schultern der Tänzer verdeckt wurden. Marhab konnte seine Aufmerksamkeit nicht mehr der Musik und dem Tanz widmen. Chatun zog sich langsam aus der Menge zurück, und Marhab, der sie nicht mehr aus dem Blick verlieren wollte, stieß seinem Freund den Ellbogen gegen den Rücken und sagte: »Ich verschwinde. Geh du von hier aus direkt zur Fahrradwerkstatt, hole das Fahrrad ab und fahre zu dir nach Hause. Wenn der Reifen noch nicht repariert ist, mußt du darauf warten, bis alles in Ordnung ist. Wenn ich es schaffe, komme ich heute Abend bei dir vorbei, andernfalls sehen wir uns morgen in der Fabrik.«

Ali schaute Marhab nach, wie er sich davonmachte, er war ein wenig verdutzt, dann aber widmete er sich wieder dem anstrengenden Tanz, suchte in der Tasche nach Kleingeld. Denn den beiden Tänzern troff der Schweiß von Stirn und Ohren, und die Musik neigte sich ihrem Ende zu.

Vermutlich würde jetzt einer der Tänzer eine zerbrochene Schale nehmen und rundherum Geld sammeln.

Marhab und Chatun gingen an der Mauer entlang.

»Wer bist du und was willst du?«

»Du hast mich schon öfters gesehen. Ist der junge Herr wieder bei dir gewesen?«

»Welcher junge Herr?«

»Der von neulich abends.«

»Woher weißt du das? Wo warst du an dem Abend?«

»Ich bin oft abends bei dir, ohne daß du mich siehst. Immer wenn ich nichts zu tun habe, treibe ich mich um euer Haus herum.«

»Was willst du da?«

Dies fragte Chatun listig und fügte als Beigabe einen flüchtigen Blick in Marhabs Augen zu.

Marhab sagte mit einem Lächeln: »Ich habe Sehnsucht nach jemandem.«

»Nach wem?«

Marhab zeigte auf eine leere Droschke, die gerade vorbeifuhr, und fragte: »Sollen wir uns eine Droschke nehmen?«

Chatun schwieg. Marhab rief dem Kutscher zu, die Kutsche hielt an. Sie stiegen ein, zunächst Chatun, dann Marhab. Der Kutscher fragte: »Wohin?«

Marhab sagte: »Zum Heiligen Grabmal, Emamzahdeh Hassan.«

Und er fragte Chatun: »Sollen wir uns die Passionsspiele anschauen?«

Chatun sagte nichts. Marhab fragte: »Wo warst du, woher kamst du?«

»Ich war auf der Suche nach Arbeit. Ich hatte gehört, daß die Garnfabrik Arbeiterinnen sucht. Ich wollte mich bei jemandem erkundigen, ob es auch stimmt.«

»Und stimmt es?«

»Und du?« fragte Chatun zurück.

»Ich habe mich amüsiert. Freitags arbeite ich nie. Ich war mit meinem Freund in Farahzad, dann gingen wir zum Fluß, haben uns dort gewaschen. Und jetzt wollten wir unser Fahrrad von der Werkstatt abholen.«

»Gehört das Fahrrad euch beiden?«

»Nein, aber wir fahren beide darauf.«

Chatun sagte nichts.

Marhab neigte sich zu ihr und sagte leise, so daß der Kutscher es nicht hören konnte: »Auch heute morgen stand ich lange hinter den Eisenbahnschienen und schaute zum Eingang deines Hauses.«

Chatun schwieg. Jetzt muß sie allmählich warm werden, dachte Marhab.

»Hast du Frau und Kinder?« fragte Chatun.

Marhab leckte mit der Zungenspitze an seinen trokkenen Lippen. »Nein, habe ich nicht, wieso?«

»Nichts, nur so, das war nur so eine Frage.«

Wieder Schweigen.

Marhab brach es schließlich: »Ich ... vor ein paar Tagen kam es mir plötzlich in den Sinn, zu eurem Haus zu kommen, an die Tür zu klopfen und dich unangemeldet zu besuchen.«

Chatun lachte das Herz. »Zu unserm Haus? Am Abend? Du bist sehr mutig.«

»Ich war völlig verwirrt. Wenn ich gekommen wäre, ich wäre auf die Mauer geklettert und in den Hof gesprungen ... Aber schließlich habe ich mir den Teufel ausgetrieben.«

Chatun gefielen diese Worte sehr, aber sie ließ es sich nicht anmerken. Sie waren an Hassans Grabmal angekommen. Die Droschke hielt an. Sie stiegen aus. Marhab zahlte das Fahrgeld, dann gingen sie in den Innenhof. Der Hof war voller Menschen, doch Passionsspiele gab es keine.

»Es wird erzählt, daß die Gendarmen die Passionsspiele verboten und den Spielleiter mitgenommen hätten«, sagte Marhab.

Marhab sah zu Chatun hinunter, ihre Augen lachten.

Marhab führte sie zu einem leergeräumten Stand. Beide setzten sich wie ein Ehepaar, ganz nah nebeneinander. Nein, nicht Schulter an Schulter, innerlich nah. Marhab ging ein Wagnis ein und sagte: »Hast du das schwarze Kleid nicht mehr angezogen?«

Chatun dachte kurz nach. »Was für ein schwarzes Kleid? Wann hatte ich es an?«

»An jenem Abend, als ein Mann mit einer Drochke zu euch kam und den Teppich mitnahm. Sei ehrlich, wer war dieser Mann?«

Ohne Marhab anzusehen, sagte Chatun: »Was für ein gerissener Kerl du bist. Woher weißt du das alles?«

»Ich bin unsichtbar. Aber überall, wo du warst oder sein wirst, war ich und werde ich dabei sein. An jenem Abend habe ich dich durch das Fenster gesehen. Ich habe auch deinen Körper gesehen.«

Chatun warf ihm einen vorwurfsvollen Blick zu.

»Mit reinen Augen. Ich habe gesehen, wie du dein schwarzes Kleid aus- und das rote anzogst. Ich will nicht lügen. Für mich war es ein wunderschöner Anblick. Noch sehe ich alles vor meinen Augen. Aber nun erzähle, warum du in Trauer warst.«

Chatun senkte den Kopf, schwieg zunächst, dann stöhnte sie. »Frage nicht, wenn du es nicht weißt, frage nicht.«

»Ich weiß es«, log Marhab.

»Warum fragst du dann?«

»Nur so – war das dein Mann?«

»Ja, letztes Jahr um diese Zeit waren wir zusammen in Schahabdolazim. Was sind wir zweibeinigen Tiere für merkwürdige Geschöpfe!«

»Rede nicht über ihn, wenn du nicht willst.«

Chatun biß mit den Zähnen auf die Lippen und sagte: »Was soll ich dazu noch sagen? Er trank viel Tee. Bei der Arbeit in der Schmiedewerkstatt hatte er immer eine Thermosflasche dabei. Er war kein schlechter Mensch. Doch eines Abends kam er nach Hause und sagte, daß er verreisen wolle. Er ging.«

»Und dann?«

»Dann kam die Nachricht, daß er ertrunken sei. Das ist alles. So leicht geht das, so leicht, wie das Trinken eines Schlucks Wasser.«

Marhab spuckte aus und sagte: »Ja, so ist es. Leute wie wir zählen nicht zu den normalen Menschen. Jeder von uns wird auf irgendeine Weise krepieren. Wie eine Fliege oder eine Ameise. Es gibt nicht einmal jemanden, der uns eine Grabrede hält. Ich spucke darauf. – Wenn du zum Heiligen Grabmahl willst, gehe ruhig. Ich warte hier auf dich.«

Chatun bemerkte Marhabs trauriges Gesicht und fragte: »Was ist mir dir?«

»Ich habe keine Lust.«

»Ich dachte, wir gehen zusammen.«

Marhab sagte schroff: »Wenn du hingehen willst, dann geh schon. Um mich brauchst du dich nicht zu kümmern.«

Als gehorche sie dem Befehl eines Ehemanns, sagte Chatun verschüchtert und folgsam: »Und meine Schuhe?«

»Lege sie hierhin.«

Chatun zog ihre Schuhe aus, stellte sie neben Marhab, erhob sich und ging zum Grabmal. Marhab schien immer noch traurig. Irgendetwas quälte ihn. Er zündete eine Zigarette an, lehnte den Kopf an die Wand, drückte die Augenlider zusammen und versuchte, seinen dunklen Gedanken Einhalt zu gebieten.

Chatun kam sehr bald vom Grabmal zurück. Es schien, als sei sie keine dreimal um das Grab gelaufen. Als Marhab sie ansah, waren ihre Augen nicht feucht. Offensichtlich hatte sie auch keine Lust gehabt, dem Prediger zuzuhören und dabei Tränen zu vergießen. Marhab stellte ihr ihre Schuhe vor die Füße. Chatun zog sie an, und sie verließen den Innenhof.

Unterwegs schwiegen sie beide. Sie brachten kein Wort über die Lippen. Marhab rief eine Droschke. Die Sonne war untergegangen. Auch in der Droschke saßen sie lange Zeit still nebeneinander. Dann tauschten sie Blicke aus.

»Bist du betroffen?« fragte Chatun lächelnd.

Marhab nickte.

»Weshalb? So ein Schicksal kann jeden heimsuchen. Man soll nicht so viel darüber reden. Die Schmerzen werden damit nicht gelindert. Warum Salz auf die Wunden streuen? Wärst du doch mit zum Grabmal gekommen! Das hätte dich erleichtert.«

»Mich zieht es nicht dahin. Ich weiß auch nicht warum. So etwas kann ich nicht ernst nehmen. Was soll das Ganze?«

»Bist du gottlos?«

»Nein, aber manchmal fühle ich mich so. Vielleicht deshalb, weil meine Gedanken woanders sind.«

»Worüber hast du eben nachgedacht?«

Marhab lächelte sie an. Chatun fühlte die Bedeutung dieses Lächelns. Also waren Marhabs Gedanken bei ihr. Das erfüllte sie mit Stolz, einer Art weiblichem Stolz. Ein Gefühl, das vermutlich jede Frau besitzt. Marhab merkte, daß es Chatun sehr wohl gefiel, in seinem Herzen einen Platz zu erobern. Solche Regungen kommen nie zur Sprache, man fühlt sie. Sie sind wie Gegenstände, die unsichtbar sind, aber sie existieren. Worte gewinnen eine andere Bedeutung. Irgendetwas, irgendein Gefühl bewegt sich hinter den Wangen, wird nackt, dringt auf die Zunge und kleidet sich in Sprache. Beide fühlten dies, nicht durch die Sprache, durch die gegenseitigen Empfindungen.

Chatun sagte: »Laß uns gleich hier aussteigen. Es ist nicht gut, wenn wir zusammen bis vor die Haustür fahren.«

Sie stiegen aus. Auch der Rest von Helligkeit am Himmel war jetzt verschwunden. Die Nacht war aschgrau. Die Gesichter konnte man nicht mehr erkennen, nur die Gestalten zeichneten sich ab. Die Menschen sahen aus wie Schattengeister. Chatun und Marhab nahmen den Weg hinter den Eisenbahnschienen. Schweigend näherten sie sich der Brücke. Unter der Brücke war es noch dunkler. Sie blieben stehen.

Chatun sagte: »Du solltest jetzt gehen.«

Marhab ging langsam unter die Brücke, und Chatun wurde zu ihm hingezogen, ob sie es selbst war oder ob er ihre Hand genommen hatte, wußte keiner von beiden. Chatun hörte nur: »Ich träume oft von dir«, und dann spürte sie, daß sie in Marhabs Armen lag. Sie schmiegten sich aneinander, als ob sie verschmolzen seien. Chatun hatte sich ihm hingegeben. Aber der Ort wie auch die Zeit waren ungeeignet. Trotzdem küßte er sie, schnupperte ihren Duft, und dies dauerte so lange, bis der Zug über ihre Köpfe hinwegfuhr. Erst dann gingen sie auseinander. In einem Gefühl des

Ergötzens und der Angst lehnte Chatun ihren Körper an die Brückenpfeiler und legte ihren Kopf auf Marhabs Brust. Marhab zündete sich eine Zigarette an. Er rauchte immer nach einem Liebesakt. Es gab nichts Schöneres. Auch Chatun verlangte nach einer Zigarette. Er steckte seine Zigarette zwischen ihre Lippen, sie zog so kräftig, daß sie husten mußte.

Marhab küßte ihre Stirn und sagte: »Am Donnerstagabend komme ich zu dir.«

»Nein, nicht Donnerstagabend. Sonntags fährt meine Mutter nach Jaftabad.«

»Dann am Sonntag.«

»Ich lehne die Tür an. Jetzt muß ich gehen.«

Sie ging. Wie eine Schlange kroch sie in die Dunkelheit und verschwand darin. Marhab setzte sich unter der Brücke auf den Boden und betrachtete ihre Spur. Dann schaute er seine Zigarette an. Sie war fast zu Ende gebrannt. Er machte noch einen letzten Zug und warf sie fort.

8

Sie standen vor dem Büro der Fabrik, Brust an Brust, Marhab und sein Meister Asghar. Der Meister war gerade aus dem Büro gekommen. Er sah Marhab und blieb stehen: »Warum bist du nicht bei der Arbeit, junger Herr?«

Marhab zeigte auf die Wanduhr: »Wir haben noch anderthalb Minuten Zeit. Ich möchte um ein Darlehen ersuchen.«

»Während der Arbeitszeit? Geh jetzt, schreib heute

abend dein Gesuch, bring es morgen in der Mittagspause ins Büro, damit später darüber entschieden werden kann.«

Marhab betrachtete den hängenden Schnurrbart und das eingedrückte Kinn seines Meisters und fragte verdutzt: »Es soll erst darüber entschieden werden?«

Meister Asghar ließ Marhab ohne Antwort stehen und ging weiter.

Marhab lief ihm nach, beugte sich zu ihm hin und sagte: »Mir ist immer noch nicht klar geworden, was du hast. Was hast du eigentlich gegen mich? Was habe ich dir denn getan? Habe ich jemals die Arbeit liegen lassen? War ich nicht höflich genug zu dir? Habe ich dir hinter deinem Rücken übel nachgeredet? Was habe ich dir getan?«

Meister Asghar führte ihn hinter eine Jalousie, und anstatt auf Marhabs Fragen zu antworten, sagte er: »Wenn du vor dem Spiegel stehst, kommst du dir sehr schlau vor, ist es nicht so?«

»Was soll das heißen?«

»Wofür willst du ein Darlehen?«

»Was kümmert's dich?«

»Ich weiß es doch.«

»Nun?«

»Für die Hurerei.«

»Was geht es dich an?«

»Nichts, nur so.«

»Ich verstehe nicht.«

»Das bedeutet, daß wir sehr wohl wissen, was du im Schilde führst.«

»Fühlst du dich beleidigt?«

Meister Asghar schaute Marhab an und schwieg, als

habe er etwas in seinen Augen erblickt, was ihm Furcht einjagte.

Marhab biß sich auf die Lippen, senkte den Kopf und spuckte auf den Boden. Als er nach Feierabend gemeinsam mit Ali die Fabrik verließ, schüttete er sein Herz aus. »Ich weiß nicht, was für eine Rechnung dieser Kerl mit mir zu begleichen hat.«

Während Ali auf der Zwischenstange des Fahrrads ein wenig hin und her rückte, um bequemer sitzen zu können, sagte er: »Meinst du den Meister Asghar?«

»Ja, ich weiß nicht, warum es ihm so gefällt, uns zu zerquetschen.«

»Ich habe dir doch gleich am ersten Tag gesagt, daß du dich nicht mit ihm anlegen sollst. Diese Meister sind wie Unteroffiziere. Es macht ihnen Spaß, andere zu unterdrücken. Und wenn einer nicht genügend fügsam ist und den Kopf hochhält, möchten sie ihm am liebsten den Hals brechen, ihn niedermachen. Unterwürfigkeit gefällt ihnen besser als Stolz.«

Marhab drückte die Zähne zusammen, leitete seine Wut in die Beine, trat immer fester in die Pedale, um rasch die Steigung zurückzulegen.

Als es wieder bergab ging, atmete er tief und sagte: »Das wird dem Hurensohn nicht gelingen! Statt mir den Hals zu brechen, wird er seinen eigenen Rücken beugen müssen. – Willst du nach Hause?«

»Ja. Worum ging es den?«

»Um ein Darlehen. Er ließ mich nicht mein Gesuch einreichen.«

»Wozu brauchst du ein Darlehen?«

»Ich brauche Geld, für heute abend muß ich vierzig, fünfzig Tuman haben. Heute ist Sonntag, ich muß mir unbedingt das Geld besorgen. Wie sieht es in deinem Geldbeutel aus?«

»Wenn es das ist, kann ich es von irgend jemandem borgen.«

»Von wem zum Beispiel?«

»Von meiner Tante, wenn es mir gelingt, ihre Faust zu lockern.«

Sie erreichten das Haus von Alis Vater. Eine winklige, krumme Gasse, ganz am Ende eine alte Haustür, ein in die Erde versunkenes Haus, enge Räume.

Marhab blieb draußen stehen. Ali ging hinein, ein Türflügel blieb offen. Sein Vater saß am Ende des Zimmers. Er glich einer Leiche, verdorrt und dürr. Die Lampe in der Nische brannte, ihr kümmerlicher Schein machte das Profil des alten Mannes gespenstisch. Als Ali das Zimmer betrat, begann der alte Mann schon beim ersten Wort zu husten, ein endloser Husten. Ali ging auf ihn zu, faßte ihn unter den Armen, führte ihn aus dem Zimmer und brachte ihn zu der Grube. Marhab schaute weg, nahm sein Fahrrad und wartete dicht an der Mauer. In diesem Augenblick sah er Alis Tante, die nach Hause kam. Er drehte sich ab, damit sie ihn nicht sah. Nach wenigen Augenblicken kam Ali zurück. Er hatte zwei zerknüllte Geldscheine in der Hand, je einen Zwanzig-Tuman- und Zehn-Tuman-Schein. »Mehr konnte ich nicht auftreiben, und selbst dies muß ich bis zum Wochenende zurückgeben. Sie liebt ihr Geld, denn für jede Münze muß sie vierzigmal ihre Hände krümmen, um eine Windel zu waschen. Sie hat schon recht, wenn sie ihr Geld liebt.«

»Bis zum Wochenende werde ich es ihr zurückgeben. Selbst wenn ich Krach schlagen muß, werde ich das Darlehen bekommen. Aber dein Vater hustet einzigartig.«

»Er spuckt Blut. Fast wären ihm die Gedärme aus dem Hals gekommen.«

»Weil er bei der Arbeit in der Grube soviel Schwefelstaub in die Lunge bekommen hat. Vielleicht hat er schon ein Loch in der Leber. Wir müßten alles unternehmen, um ihn ins Krankenhaus zu bringen.«

»Bis uns das gelingt, ist es sicherlich zu spät.«

Marhab konnte nur noch sagen: »Zum Kotzen!« und schwieg dann.

Ali sagte: »Willst du nicht hereinkommen?«

»Nein, ich gehe. Bleibst du da?«

»Ja, noch eine Weile.«

Marhab trat auf das Pedal, er wollte rasch etwas kaufen, bevor die Läden schlossen. Als er zu Chatun ging, hatte er die Hände voll. Doch als er in der Nähe des Hauses angelangt war, sah er einen Schatten, der um das Haus schlich. Tatsächlich, er war es, der Gendarm. Das merkte man schon an seinen Schritten und an der Art, wie er herumschnüffelte. Eine Hand, vermutlich die Chatuns, zog den Vorhang zu und versperrte damit dem diebischen Blick die Sicht. Marhab versteckte sich in der Dunkelheit, in einer Grube. Der Gendarm ging vorbei. Sein Schatten entfernte sich und verschwand in der Schwärze der Nacht. Marhab spürte seine Aufregung unter der Haut seines Gesichts. Als ob er sich vor irgendetwas fürchtete. Eine sonderbare Furcht. Der Vorhang vor dem Fenster wurde noch einmal geöffnet und Chatuns Augen hielten Ausschau. Offensichtlich war sie ebenfalls beunruhigt und ungeduldig.

Marhab kam aus der Grube und ging mit entschlossenen Schritten auf das Haus zu. Noch einmal schloß Chatun den Vorhang. Hatte sie die Hoffnung, er werde kommen, schon aufgegeben? So beschleunigte er seine Schritte, um sie aus diesem Zustand zu erlösen. Noch schneller. Vor der Haustür hielt er einen Augenblick lang inne. Dann klopfte er an die Tür, ganz sachte und dumpf.

Chatun schaute aus dem Fenster und kam wenig später zur Tür.

Vermutlich hat sie sich noch einmal im Spiegel betrachtet, dachte Marhab. Sie öffnete die Tür und führte ihn leise ins Haus. Sie gingen ins Zimmer. Beide waren erregt, und diese Erregung konnten sie voreinander nicht verheimlichen. Sie schwiegen, überwältigt von innerer Unruhe. Marhab setzte sich auf den Rand der Truhe, versuchte tief zu atmen und das Klopfen in seiner Brust zu besänftigen. Chatun lehnte sich an die kahle Wand, als sei sie zum Stehen gezwungen worden. Wie ein Porträt, das man an die Wand geklebt hatte. Ihre Wangen hatte sie ein wenig geschminkt, ihre Augenbrauen stark geschwärzt und um die Augen etwas in der Farbe von Antimon oder Holzkohle aufgetragen. Ihr schwarzes, leicht gewelltes Haar lag auf ihren schmalen Schultern. Sie hatte das rote Kleid an, das ihr bis zu den Knien reichte. Wie eine Zigeunerin sieht sie aus, ging es Marhab durch den Kopf. Ihr fehlten nur noch ein Muttermal auf der Wange, zwei Goldzähne und vier Armringe.

Marhab ließ seinen Blick im Zimmer kreisen. Ein nackter Raum, in der Nische brannte eine Lampe, an der halbmondförmigen Decke der Nische war ein schwarzer Flecken in der Größe einer Untertasse zu sehen, verursacht durch den Rauch der Lampe. Neben der Tür war ein zerbrochener Spiegel in die Wand eingemauert, daneben hing ein zerfranstes Handtuch an einem Nagel. Seitlich davon, dort wo Marhab saß, lagen verschiedene Gegenstände wie eine Kupferschale, ein Wasserkessel, der Hammer, mit dem der Zucker auf der Truhe zerschlagen wurde. Dicht an der Wand stand ein Bett, von einer roten Steppdecke und einem blauen Kopfkissen bedeckt. Der Überzug des Kopfkissens war aus Samt. Vermutlich hatte Chatun ihn aus dem Rücken ihres Samtkleides herausgeschnitten und genäht. Sie dachte sicher, das sei vornehmer und auffälliger. Auf dem Fußboden lag ein alter, rauher zweiseitiger und buntgestreifter Teppich. Die Ecken des Damastvorhangs, dessen Bestickung längst abgefallen war, waren über der Kammer angenagelt. Chatun hatte ein Porträt des Prophetennachfolgers Ali in der Nische neben der Kammer aufgestellt und darauf die Spitzenhaube ihres Hochzeitkleides gelegt, um es vor Staub zu schützen. Offensichtlich empfand sie für den Propheten eine besondere Zuneigung. Vermutlich liebte sie auch den Prophetennachfolger Abolfazl. Es ist rätselhaft, daß man meint, der Heilige Abolfazl sei Ali ähnlicher als andere Imame und Heilige. Zum Beispiel hat Imam Zein al Abedin ganz und gar keine Ähnlichkeit mit dem Prophetennachfolger Ali. Selbst bei Imam Hassan, der Alis Sohn war, verhält es sich genauso. Imam Hussein ist ein Kapitel für sich, er gleicht nur sich selbst. Man findet keinen, der ihm ähnlich ist. Vermutlich stand Chatun des öfteren abends vor Alis Porträt, weinte in sich hinein, hoffend, daß der erste Prophetennachfolger ihr im Traum erschiene, legte sich dann wieder hin und schloß die Augen. Wer kann sagen, ob ihr der Prophetennachfolger tatsächlich im Traum erschienen ist.

»So habe ich dich noch nie gesehen.«

»Wie?«

»Ohne Schleier.«

Chatun brachte kein Wort heraus. Sie wußte nicht, was man in solchen Situationen sagt. So schwieg sie und senkte den Kopf. Marhab nahm die Wodkaflasche, die er mitgebracht hatte, aus der Tragtüte, stellte sie auf die Truhe und setzte sich neben der Truhe auf den Fußboden.

»Was hast du mit der Mutter gemacht?«

»Ich habe sie weggeschickt, zu ihren Bekannten. Willst du zu Abend essen?«

»Später. Wo stehen Gläser?«

»Sind die gut?«

»Ein paar von diesen kannst du auch aufbrechen.« Er stellte die Tüte mit den Granatäpfeln in die Mitte, Chatun brachte ein Tablett, setzte sich in Marhabs Nähe und begann sie aufzubrechen und die Körner herauszuholen.

»Trinkst du nichts?« fragte er.

»Sollte ich wirklich?«

Marhab füllte sein Glas halbvoll, nahm es in die Hand und sagte: »Auf dein Wohl!«

»Gut«, sagte Chatun verschüchtert.

Marhab nahm das leere Glas von seinem Mund, stellte es auf den Boden und lutschte an seinen Lippen. Sie reichte ihm eine Handvoll Granatapfelkörner und fragte: »Mit wem lebst du zusammen?«

Marhab legte ein paar Körner auf die Zunge. »Ich kann dich nicht belügen, möchte dir auch nichts vormachen. Ich habe keine Eltern mehr.«

Chatun schwieg.

Marhab füllte sein Glas, nahm es in die Hand und bevor er es austrank, fragte er: »Wie verbringst du dein Leben?«

»Ach, irgendwie geht es. Manchmal gut, manchmal schlecht. Seit einiger Zeit ist nun auch meine Mutter.«

»Probleme über Probleme, nicht wahr?«

Er trank sein Glas aus.

»Ja, seit man ihr gekündigt hat.«

»Nun ja, der junge Herr hatte einiges erwartet.« Bei diesem Satz lachte Marhab verstohlen. Chatun schwieg. Marhab streckte den Arm, nahm ein Päckchen aus der Tragtasche, zerriß das Band und das Packpapier und reichte es Chatun. »Komm, das ist für dich. Ein Kleiderstoff und ein schwarzes Unterhemd.«

Chatun streckte die Hand aus, nahm das Geschenk. Marhab trank erneut ein Glas Wodka, und mit gesenktem Kopf sagte er: »Ich wünschte mir schon immer, eine Frau wie dich in einem solchen Unterhemd zu sehen. Geh und zieh es gleich an.«

»Jetzt gleich?«

»Ja, geh dahin und zieh es an.«

»Kann ich es nicht später tun?«

»Nein, jetzt gleich, ich möchte es jetzt gleich sehen.«

Chatun nahm das Unterhemd und ging in die Kammer. Aus der Kammer rief sie: »Schau mich bloß nicht an.«

»Du bist doch kein Kind.«

Es dauerte keine Minute, dann stand er auf, ging

zum Vorhang, öffnete ihn einen Spalt und sah in die Kammer hinein. In der Kammer war es dunkel, dennoch konnte er Chatuns nackten Körper sehen. Wie der Mond schimmerte sie, ein verschwommener Mond, wie wenn er hinter den Wolkenfetzten scheint. Er wollte hineingehen, hielt sich aber zurück.

Chatun rief aus der Kammer: »Führst du mich auch mal aus?«

»Warum nicht? Jeden Freitag.«

»Wohin, nach Karadj?«

»Mir ist Farahzad lieber.«

»Bringst du mich auch nach Bibischahrbanu?«

»Auch einmal nach Bibischahrbanu.«

»Ich möchte in einer Fabrik arbeiten. Suchst du mir eine Arbeit?«

»Arbeit?«

Chatun kam heraus, Marhab hatte sich wieder auf seinen Platz gesetzt. Chatun hatte einen Schleier um die Schultern gelegt, um ihren Körper vor Marhabs Augen zu verstecken. Sie setzte sich. Marhab zog sie an sich, legte seinen Arm um sie und küßte sie auf die Wange.

Wie eine Katze kroch sie in seinen Schoß und sagte wie ein junges Mädchen: »Wenn jemand dich fragt, verrätst du, daß du bei mir gewesen bist?«

Marhab flüsterte ihr ins Ohr: »Ja, das tue ich.«

»Auch meiner Mutter?«

»Warum nicht?«

»Mir ist kalt.«

»Es ist Herbst. Willst du die Lampe kleiner drehen?«

»Ja.«

Chatun stand auf, drehte den Docht herunter, kam

zurück und stellte sich in Marhabs Nähe. Marhab faßte ihren Schleier, zog ihn von ihren Schultern und nahm sie in seine Arme.

9

Vielleicht war es schon spät in der Nacht, vielleicht auch nicht. Weder Bibi noch Chawar wußten es. Chatun war noch nicht nach Hause gekommen. Bibi und Chawar hatten in der Kammer einen kleinen Streit. Bibi krümmte und wand sich und schimpfte zwischen ihren Hustenanfällen mit dem Enkelkind: »Du halbwüchsige Zigeunerin, du Bastard, komm leg dich hin, schlaf in den Tod hinein. Du raubst mir das Leben.«

Chawar stampfte mit dem Fuß auf den Boden: »Ich will nicht, will nicht schlafen. Ich bin noch nicht müde. Du kannst mich nicht dazu zwingen.«

»Ich kranke Frau kann doch nicht bis zum frühen Morgen auf dich warten. Komm, du nacktarschige Zigeunerin, leg dich schlafen.«

»Ich will nicht, ich will nicht.«

Bibi, deren Gesicht durch den trockenen Hustenanfall blau angelaufen war, jammerte: »Gott möge dich noch unglücklicher machen, als du ohnehin bist. Was habe ich verbrochen, wo habe ich gesündigt, daß ich soviel leiden muß?«

Sie sprang plötzlich auf, packte Chawar, schmetterte sie wütend auf das Bett und zog ihr die Decke über den Kopf. Chawars weinende Stimme erstickte unter der Decke. Chawar wurde bald vier Jahre alt. Sie hatte schwarze Augen. Ihre kleine, herausragende Stirn blieb hinter ihren krausen Haaren versteckt. Seit sie unter Bibis Obhut stand, hatte sie zumeist ein ungewaschenes Gesicht, ihre Wimpern klebten aneinander, und auf dem Rücken ihrer Hände hatte sich eine Schicht Schmutz festgesetzt. Sie trug stets dasselbe Kleid aus Baumwolle, mit roten Blumenmustern und darüber ein Jäckchen, das ihre Mutter ihr, als es kühl zu werden begann, auf dem Darwasehplatz gekauft hatte. Das kleine Mädchen fühlte sich innerlich unwohl, sie war niedergeschlagen und quengelig geworden, denn ständig mußte sie zu Hause bei der Großmutter bleiben.

Auch Bibi war ständig müde und daher ungeduldig, weil auch sie gezwungen war, stets zu Hause, bei ihrem Enkelkind zu bleiben. Als es noch nicht frostig und kalt war, band sie gelegentlich Chawar auf ihren Rücken und führte sie aus, nach Jaftabad oder zum Flughafen, damit Chawar die Flugzeuge sehen konnte. Manchmal gingen sie auch vor die Fabrik und warteten, bis Marhab herauskam, sie begrüßte, Chawar ein paar Geldmünzen schenkte und Bibi einen Schein in die Hand drückte. Das machte Bibi und ihr Enkelkind glücklich.

Ab und zu nahm Marhab Chawar auf seinem Fahrrad mit, drehte mit ihr eine Runde und setzte sie wieder bei Bibi ab. Er schob mit der Hand ihre Haare aus der Stirn, verabschiedete sich und ging. In letzter Zeit wünschten Bibi und Chawar, daß Marhab sie öfter besuchen würde. Doch Marhab kam nur ein oder zwei Mal in der Woche. Einmal nahm er sie alle miteinander mit nach Bibischahrbanu. Chawar versprach er, sie nächstes Jahr ins Theater mitzunehmen. Jetzt sei sie noch zu klein dazu, hatte er ihr gesagt, und sie hatte erwidert: »Gut, einverstanden.«

Schon mehrere Abende war Marhab nicht nach Hause gekommen.

Und nun wußte Bibi, daß Chatun – obwohl sie sich nichts hatte anmerken lassen – ihn suchen gegangen war. Jedesmal, wenn er abends zu spät kam, wurde Chatun ungeduldig, wie eine Taube, deren Partnerin von einer Katze gefressen worden ist. Sie wurde dann so verstimmt, daß man kein vernünftiges Wort mit ihr wechseln konnte. Sie schlug Chawar, schrie ihre Mutter an, fluchte gegen sich selbst und vergoß wegen jeder Kleinigkeit Tränen.

In dieser Stimmung befand sie sich nun schon seit Tagen. Bibi machte das rasend. Dazu noch die quengelnde Tochter. Bei diesem Wetter konnte man nicht einmal das Haus verlassen. Der Wind von Schahjar war kaum auszuhalten. Abgesehen von alldem konnte Bibi ihr Enkelkind nicht gut leiden, ja oft haßte sie es sogar. War das nicht der Sproß eines Mannes, der seine Frau und sein Haus verlassen hatte und in die Ferne gezogen war? Und nun mußte sie für diesen Sproß sorgen, für ein Kind wie Chawar, das wie ein junges Kaninchen war. Sie blieb nicht eine Minute still und ruhig, und nichts auf der Welt konnte sie ablenken. Ständig stampfte sie mit den Absätzen auf den Boden und sagte: »Ich will raus!« Bei diesem Wetter! Drei Stunden lang um die Eisenbahnschienen herumspringen, ihr die Flugzeuge zeigen, die zum Himmel aufstiegen und über der Stadt kreisten? Zudem gab es in der Gegend kein Haus und keine Hütte, wo Chawar vielleicht Spielgefährten hätte finden können. Es war wie in der Wüste.

Schon damals, als Mochtar die Ziegel aufeinanderstapelte, um das Haus zu bauen, hatte Bibi ihm gesagt: »Willst du, daß meine Tochter von den Wölfen und Hunden zerrissen wird?« Mochtar hatte erwidert: »Du sagst doch selbst dauernd, baue endlich, damit wir ein Dach über dem Kopf bekommen. Und nun redest du genau umgekehrt.« Bibi hatte nicht nachgegeben, aber Mochtar hatte ihr nicht mehr zugehört. Er hatte die Hütte in der Hoffnung gebaut, daß auch andere in der Nähe bauen würden. Aber niemand hatte sich in diese Gegend verirrt. Man sagte, die Grundstücke gehörten dem Staat, es gäbe keinen Grundbrief dafür und selbst nach hundert Jahren bestehe die Möglichkeit, daß man enteignet werde. Bis zum vorigen Jahr gab es einige Kuhställe am Fluß, sie wurden aber bei einer Überflutung weggeschwemmt. Und nun war Bibi dankbar, daß ihr Schwiegersohn das Haus auf einem Hügel gebaut hatte, sonst wäre es auch nicht mehr dagewesen.

In letzter Zeit nahm Bibi Chawar nur dann aus dem Haus, wenn sie sich in Jaftabad ein paar Erbsen Opium kaufen wollte. Anders ließ es sich nicht bewerkstelligen. Sie konnte ja auf keinen Fall so ein winziges Kind, dazu noch ein Mädchen, in dieser Wüste allein lassen, um ihre Besorgungen zu machen. So wickelte sie Chawar in ein Laken, band sie auf ihren Rücken und ging aus dem Haus. Wenn sie zurückkam, waren Chawars Gesicht und Hände vor Kälte rot wie eine Rübe geworden. Trotzdem gab Chawar keinen Ton von sich, erlitt die Schmerzen im Stillen, damit die Großmutter sie wieder mitnehme. Seit nun Marhab bei ihnen ein- und ausging, hatten Bibi und Chawar ihr Lager in die Kammer verlegt, denn im Zimmer schliefen Marhab und Chatun, genau dort, wo ehemals Chatun und Mochtar geschlafen hatten.

Chawar schob den Rand der Decke von ihren Augen weg und schaute verstohlen nach der Großmutter. Bibi saß mit dem Rücken zu ihr am unteren Rand ihres Bettlagers und hatte ihre Opiumpfeife angezündet. Sie blies und hatte den Raum mit Rauch gefüllt. Chawar wußte, daß Bibis Hustenanfall nur mit dem Rauchen zu bändigen war. Sie wußte auch, daß sich die Augen der Großmutter nach dem Hustenanfall mit Tränen füllen und Bibi sich mit dem Zipfel ihres Schleiers die Tränen aus den Augen wischen würde. Chawar dachte, sie müßte aus der Kammer heraus, denn der Rauch brannte in ihren Augen und ließ sie kaum atmen. Es kam ihr vor, als habe sich die Decke der Kammer gesenkt und senke sich immer weiter. Die Kammer selbst schien ihr wesentlich enger und ihre Bettdecke schwerer als sonst. Die Zimmerdecke kam ihr vor wie ein vom Rauch bedeckter Vorhang. Zuviel Rauch hatte sich im Raum gesammelt, und Chawar spürte, daß die Luft einer schwarzen Decke glich, die sich allmählich senkte, so daß sie befürchten mußte, sie würde auf ihr Gesicht fallen und sie bald ersticken. Leise legte sie die Bettdecke zur Seite, richtete sich bis zur Brust auf, zog die Beine zusammen, noch enger, bis sie sich von der Decke befreit hatte. Dann kroch sie zum Eingang der Kammer, zog leise den Vorhang zur Seite und kroch ins Zimmer.

Wenn sie sich still verhalten hätte, dann hätte sie sich in das Bett ihrer Mutter legen und sich unter der roten und sauberen Bettdecke verstecken können. Aber das gelang ihr nicht. Sie stieß mit dem Fuß gegen das

Tablett neben der Kammer, das Tablett drehte sich, die Gläser und Untertassen, die darauf standen, stießen gegeneinander. Bibi zog den Vorhang zur Seite, kam ins Zimmer, beschimpfte Chawar und blieb ermüdet und ermattet neben dem Vorhang stehen. Das Antlitz der alten Frau sah erbärmlich aus, erbärmlicher als je zuvor. Ihr Gesicht war groß und flach, die Hände waren blau angelaufen, die Augen lagen in tiefen Höhlen, sie waren geschwollen. Die Zähne waren ihr ausgefallen und ihre Wangen hingen wie zwei Handflächen herunter. Büschel grauer Haare schauten unter ihrem Kopftuch hervor, wie Ohrringe hingen sie an ihrem Gesicht herunter. Sie hatte einen Buckel, so stark, daß ihre Hände bis zu den Knien reichten. Ihre schwarzen Füße hefteten sich wie zwei Haken an die Erde. Ihre Hose war gestreift. Sie trug ein langes braunes Kleid und darüber eine ehemalige Soldatenjacke. Diese Jacke hatte man ihr an ihrem Arbeitsplatz geschenkt. Ein kugeliger Adamsapfel rollte ständig über der Vertiefung ihres Halses hin und her. Erneut wurde sie von einem Hustenanfall überwältigt. Wie ein Krebs klammerte sie ihre Hände an die Knie, beugte sich nach vorn und fluchte: »Du Bastard, komm leg dich wieder hin. Es ist mitten in der Nacht. Gebe Gott, daß wir dich loswerden.«

Chawar mußte schlafen, bevor Chatun nach Hause kam. Chatun hatte schon tausend Mal ihrer Mutter ins Ohr geflüstert, daß Chawar abends Marhab nicht sehen sollte. Denn jedesmal wenn sie ihn sah, rannte sie zu ihm, gab keine Ruhe und stellte unentwegt Fragen: »Wo warst du, was hast du jetzt zu tun, was hast du mir mitgebracht?« Dann erzählte sie ihm, wie Bibi diesen Tag verbracht hatte, wie Chatun aus dem Haus gegangen war, was sie selbst getan hatte, daß ihre Maus kaputt war und auf dem Teppich Petroleum vergossen worden war. Dann wollte sie von ihm wissen, warum er so spät nach Hause kam. Deshalb wollte Bibi, daß Chawar zeitig einschlief. Sie hatte keine Geduld mehr, um die Quengeleien und Allüren ihrer Tochter zu ertragen, besonders in letzter Zeit, wo sie kein Blatt mehr vor den Mund nahm und ihre Mutter mit allen denkbaren Schimpfwörtern überhäufte. Das war auch nicht erstaunlich. Denn nun hatte sie Marhab. Sie hatte sich ihm hingegeben und gluckste und gurrte herum. Sie sah nichts und niemanden mehr, oder wenn sie etwas sah, maß sie dem keine Bedeutung bei. Wenn Marhab anwesend war, bemerkte sie vor lauter Glück niemanden mehr, wenn er nicht da war, war sie so übel gelaunt, daß sie niemanden ausstehen konnte.

Seit Marhab verschwunden war, befand sich Chatun in einem solchen Zustand, daß man in ihrer Gegenwart nicht einem Wort ein zweites hinzufügen konnte. Sie schrie herum und verließ dann das Haus. Auch heute hatte sie am Mittag Chawar eine Tracht Prügel verabreicht, sie angeschrien, und danach war sie aus dem Haus gegangen und bisher nicht zurückgekehrt. Sicherlich war sie immer noch auf der Suche nach Marhab. In jedes Loch steckte sie ihren Kopf, um ihn zu finden. Wie auch immer, Chawar mußte einschlafen. Denn jeden Moment konnte Chatun mit Marhab eintreffen. Also sagte sie freundlich zu Chawar: »Komm, liebes Kind, leg dich schlafen.«

Chawar wich zurück. »Ich will nicht, ich will nicht. Ich mag dich überhaupt nicht. Du bist wie eine Natter, du schnarchst, du schnarchst.« Sie rannte durch das Zimmer und sang: »Ich will dich nicht, ich mag dich nicht.« Und Bibi stand müde und vor Wut kochend neben dem Vorhang und starrte mit zwei Augen, die wie Garderobennägel aussahen, Chawar an. Chawar blieb stehen, heftete ihren Blick auf Bibi, streckte die Zunge heraus, hielt sie zwischen den Zähnen und zeigte sie ihrer Großmutter. Bibi stand immer noch schweigend da und starrte ihr Enkelkind an.

Chawar zog die Zunge wieder in den Mund und sagte: »Wenn du mich fängst, bekommst du hundert Tuman von mir, los, lauf!«

Doch Bibi blieb weiterhin unbewegt stehen, still und wütend, und schaute Chawar an, als ob sie einen Schmetterling fangen wollte.«

»Los, siehst du, du kannst es nicht, siehst du?« Sie näherte sich der alten Frau. »Ätsch!«

Bibi warf sich wie ein Netz auf sie, doch Chawar riß sich unter ihrem Arm los, wälzte sich auf dem Teppich und lachte von ganzem Herzen. Dann sprang sie auf, ging zur Wand und schaute auf die Großmutter, die nun wie eine Spinne am Boden lag. Sie lachte wieder: »Siehst du, du kannst mich nicht fangen.«

Sie lief zu der Truhe, nahm den alten Schleier ihrer Mutter, legte ihn sich über den Kopf, versteckte sich darunter, nur ihr Gesicht schaute heraus. Sie ging mit einem großen Schritt auf die Großmutter zu. »Komm, komm, fange mich, jetzt bist du mein Hund und ich deine Katze. Komm, komm, fang mich, komm, beiß mir ins Bein.«

Sie streckte der Großmutter ein Bein entgegen: »Komm, beiß mir ins Bein, los, beiß...« Bibi krümmte sich, befreite ihren Zeh, der in das Loch des Kleides geraten war, und versuchte quer durchs Zimmer Chawar zu fangen. Sie kochte vor Wut: »Du Hundesproß! Willst du mich veräppeln? Ich werde es dir zeigen. Jetzt werde ich es dir zeigen, du kleine Hure.«

Chawar rannte im Zimmer herum und lachte. Immer wieder blieb sie kurz stehen und rannte wieder los, näherte sich Bibi und entfernte sich wieder. Solange die alte Frau noch Kräfte hatte, sprang Chawar herum. Es sah wie ein Katz-und-Maus-Spiel aus.

Bibi atmete schwer, fiel ins Husten, beugte die Beine und sagte ermattet: »Laß mich in Ruhe und komm ins Bett. Leg dich schlafen, du Hure. Komm, komm, ein Pfeil sollte deine Leber treffen. Komm, du bringst mich noch um. Gleich wird deine gierige Mutter kommen und mich anschreien. Sie denkt, ich hätte dich mit Absicht wachgehalten. Komm, du Hündchen, leg dich schlafen.«

»Ich will nicht schlafen. Ich will überhaupt nicht bei dir schlafen.«

»Gut, ich schlafe hier und du dort.«

»Ich will nicht in der Kammer schlafen. Dort gibt es Gespenster.«

»Gut, ich lege dein Bettzeug neben die Tür.«

»Und wo schläfst du?«

»Ich schlafe bei dir, damit du keine Angst hast.«

»Nein, ich will überhaupt nicht schlafen. Es sei denn, du schläfst im Flur.«

»Was, im Flur? Soll ich bei dieser Kälte im Flur schlafen. Was denn noch?«

Chawar stampfte auf den Boden: »Ich habe Angst, ich habe Angst.«

»Komm, du verrücktes Mädchen, leg dich hin. Wovor fürchtest du dich?«

»Ich habe Angst..., vor dir habe ich Angst, vor dir.«

Bibi wurde noch wütender, ging auf Chawar zu und sagte: »Vor mir hast du Angst? Vor mir, die dich großgezogen hat, du verdammte Hure. Was habe ich dir denn getan, daß du dich vor mir fürchtest? Du Knirps. Was? Habe ich nicht deine Windeln gewaschen, dich nicht trocken gelegt? Oder habe ich dich in den Brunnen geworfen? Was habe ich dir denn angetan, was?«

Dieses Mal bekam Chawar wirklich Angst. Wie eine Katze kroch sie unter den Korsi. Den Korsi hatten sie schon vom Dach heruntergebracht, um ihn einzurichten, glühende Kohle darunter zu stellen und eine große Decke darauf zu legen. Bibi kniete neben dem Korsi, streckte ihre Hand wie einen eisernen Greifer nach Chawar aus. Diese Finger konnten sich, wenn sie Chawar erreichten, wie ein Blutsauger an ihren Körper heften und sie unter dem Korsi herausholen. Aber Chawar krümmte sich, zog sich zurück zur Wand, hockte sich auf die Knie und kratzte die Hände der Großmutter.

Der Handrücken der Großmutter blutete, sie zog ihre Hand zurück, stand auf und fluchte: »Du Hure, komm heraus, laß das Spielen sein. Du bringst mich noch um. Gott gebe, daß deine Mutter an deinem Tod die schlimmsten Qualen leidet. Komm heraus. Gleich wird deine Mutter kommen, wird uns beide beschimpfen. Schau sie dir mal an. Wie ein Frosch hockt sie da, komm, liebes Kind, komm.« Bibi bekam wieder einen Hustenanfall, beugte sich über ihre Brust, rollte sich sitzend zusammen und spuckte Blut.

Chawar sah die Großmutter an. Ihre müden Augen waren voller Tränen. Chawars kleines Gesicht zog sich zusammen, Falten bildeten sich auf ihrer Stirn, ihre Augen wurden kleiner. Sie spürte auf einmal Mitleid mit Bibi.

Man hörte die Haustür. Es war Chatun. Sie schloß die Tür hinter sich und kam ins Zimmer. Die Kälte hatte ihren Körper eingeschrumpft. Sie ging schnurstracks auf den Ölofen zu, der neben der Wand stand, setzte sich hin und wärmte sich. Sie sprach kein Wort, als wäre niemand außer ihr im Haus. Chawar kroch leise zu ihr.

Bibi stand auf und trocknete die Augenwinkel. Chatun sagte: »Es ist eine trockene Kälte. Wir müssen bald den Korsi anmachen. Vielleicht wird es schneien.«

Bibi begann zu reden: »Ja, das müssen wir. Zunächst mußt du an die Kohle denken ... Wir müssen daran denken ... Hast du, hast du ihn gesehen? Ich meine Marhab.«

»Nein, ich habe ihn nicht gesehen.«

»Wo bist du überall gewesen?«

»Ich bin in Jaftabad gewesen, bei seinem Freund Ali. Auch dessen Vater liegt im Sterben. Gott weiß, wann bei ihm das Atmen aussetzt. Was rede ich da von Atmen. Schon jetzt läßt er von zwei Atemzügen einen aus. Ich hielt es dort nicht aus, bin wieder gegangen.«

»Was war mit Marhab? Was hat man über ihn erzählt? Hat Ali nicht gesagt, wohin er verschwunden ist?«

»Wir hatten wenig Zeit zum Reden. Er hat nur erzählt, daß einige aus der Fabrik entlassen wurden, unter ihnen auch Marhab. Weiter hat er nichts gesagt.«

»Hat er ihn in letzter Zeit nicht gesehen?«

»Ich konnte ihn nicht fragen, hörst du? Sein Vater liegt im Sterben.«

Bibi dachte: ›Von Anfang an wußte ich, daß diese Geschichte keine Zukunft hat. Ich wußte, daß er uns im Stich läßt, wußte, daß er uns verlassen, daß er sich aus dem Staub machen wird. Das war für mich klarer als der helle Tag. Wenn er uns beschützen wollte, wenn er an unsere Zukunft gedacht hätte, wäre er doch an dem Tag, an dem wir gemeinsam in Bibischahrbanu waren, kurz in das Heiligtum gekommen und hätte dort geschworen, meine Tochter nicht allein zu lassen. Er hätte nur ein paar Sätze sprechen und die Lippen bewegen müssen. Was hätte ihn das schon für eine Mühe gekostet? Ich habe ihm gesagt, es bedürfe keiner großen Anstrenung, sich kurz zu waschen, kurz in das Heiligtum zu kommen und dort zu schwören. Das habe ich ihm gesagt, und er gab mir keine Antwort. Er schwieg, erhob sich, ging auf den Hügel und stellte sich auf den Gipfel. Was war das auch für ein Tag! Der Himmel war bewölkt, es war trüb und traurig. Wir alle fühlten uns wie Fremde, schwiegen uns an. Und genau da bekam ich das Gefühl, daß er nicht die Absicht hatte, meine Tochter zu behalten. Da habe ich es begriffen. Er kam bis zum späten Abend nicht nach Hause. Als er endlich kam, legte er sich zu Chatun ins Bett. Und genau in diesem Moment donnerte es, dann fiel ein heftiger Regen. Da kam auch die Flut, die die Kuhställe hinwegwischte. Ich war die ganze Nacht über wach. Ständig mußte ich dieses kleine Mädchen in die Arme nehmen und beruhigen. Wer kann all dies begreifen? In jener Nacht habe ich mich bis zum Morgen immer wieder gefragt, warum er den Schwur nicht geleistet hat. Warum hat er nicht geschworen? Jetzt verstehe ich es. Er wollte die Freiheit haben, uns jederzeit verlassen zu können. Und das auch noch in einer Zeit, in der uns der Winter bevorsteht.‹

»Begreifst du jetzt, warum er nicht geschworen hat?«

Chatun schrie ihre Mutter an: »Kannst du nicht für eine Minute deinen Mund halten?«

Bibi schwieg. Dann begann sie wieder zu reden: »Soll ich dir einen Tee machen?«

Chatun gab ihr keine Antwort. Sie warf ihren Schleier zur Seite, kroch ins Bett, zog die Decke übers Gesicht, damit ihre Mutter und Tochter ihren Gefühlszustand nicht erraten konnten. Es könnte ja sein, daß der Zorn ihr in den Hals stiege und sie das Zittern ihrer Lippen nicht verhindern könnte.

Doch Chawar verlor die Geduld. Sie kroch zu ihrer Mutter. »Laß mich heute nacht bei dir schlafen.«

Chatun ließ sie in ihr Bett und schloß sie in ihre Arme. Bibi stand auf und während sie nach der Kanne suchte, weinte sie vor sich hin. »Ich wußte es, wußte, warum er nicht schwören wollte.«

10

Mochtar hatte seine Holzkrücken auf die Seite gelegt, seine Hände in die Achselhöhlen gestützt und sich neben die Eisenbahnschienen gegenüber seinem Haus gesetzt. Er hatte seine dreckige Wollmütze bis über die Ohren heruntergezogen, das Kinn in den Kragen gesteckt und zitterte wie ein abgebrochener Zweig. Er sah müde, besorgt und traurig aus. Die Barthaare füllten wie Dornen sein Gesicht und verwuchsen mit den Haaren an den Schläfen und am Nacken. Die Wangen ragten wie zwei schwarze Knochenteile unter dem Bart hervor. Seine Augen sahen aus, als hätte man sie tief in die Augenhöhlen hineingedrückt. Er hatte ein kariertes Tuch aus Jazd um die Schultern gelegt und zwei Zipfel davon auf seinem Brustkorb zusammengeknotet. Doch er zitterte immer noch. Als ob eine kräftige Hand ihn ständig schüttelte.

Er zog die Hände aus den Achselhöhlen heraus, wischte mit einem Ärmel die Tropfen ab, die aus seiner Nase herabrollten, steckte jedoch schnell die Hände in die Achselhöhlen, bevor sie vor Kälte brannten. Dann steckte er wieder das Kinn in den fettigen, ungewaschenen schwarzen Kragen und richtete seinen Blick auf das kleine Fenster seines Hauses. Sein Haus lag jenseits der Eisenbahnschienen, in Rufweite, wie ein Flekken auf einem weißen Hemd, wie ein Flecken im Schnee. Das Haus war klein, einsam und dem Zerfall nahe. Aus dem kleinen Fenster in der Mauer wurde ein Bündel von schwachen Lichtstrahlen nach draußen geworfen. Die Mauern waren nach wie vor niedrig, und der Schnee auf dem flachen Dach war noch nicht weggeschaufelt. Das war nun schon der dreizehnte Abend, an dem Mochtar in der Dämmerung auf den Bahndamm stieg, seine Holzstützen neben sich legte, die Hände in die Achselhöhlen steckte, das Kinn im Kragen verbarg und das kleine Fenster seines Hauses betrachtete, das in der Nacht wie die Augen eines Kranken glänzte. Seine Augen brannten, Tränen näßten seine Wimpern, aber er blieb gebannt sitzen und starrte auf das Haus. Er saß und saß, bis das müde Licht erlosch, erstarb, bis der Hund vom Dach herabstieg und die Finsternis der Nacht in alle Winkel kroch. Dann stand er auf, kehrte dem Haus den Rücken und machte sich auf den Weg zu Moschirs Teestube. Mochtar sah, daß zwei Personen von der Hauptstraße in den schmalen Weg einbogen, der an seinem Haus vorbeiging und dort, wo einst die Kuhställe waren, sich verlor. Es waren eine Frau und ein Mann. Die Frau hatte einen schwarzen Schleier um, den Schleier, den sie jeden Abend trug, und der Mann hatte einen Hut auf. Die Frau lief dem Mann voraus. Sie erweckte den Eindruck, als fürchte sie sich vor irgendetwas. Ständig drehte sie sich auf eine sonderbare Art um und schaute zurück, sie schien sehr besorgt. Wie sie sich in ihrem Schleier versteckt und den Kopf einzieht! Der Mann ging mit großem Abstand hinter ihr her. Sein Mantel reichte bis zu den Knien. Im Rücken hatte er einen Buckel. Er schien bucklig, weil er den Kopf gesenkt hielt. Er hatte die Hände in die Taschen gesteckt und zerstampfte mit den Spitzen seiner Schuhe den Schnee. Diesen Mann sah er jeden Abend. Wie müde er aussah, und wie er sich bemühte, seine Angst durch seinen Schritt zu verbergen. Die Frau blieb vor der Haustür stehen, und der Mann versteckte sich einige Schritte von ihr entfernt hinter der zerfallenen Mauer. Dort wartete er beunruhigt und verängstigt. Die Frau faßte den Türgriff an. Der Mann ging auf sie zu. Dann kamen andere Männer einzeln aus der Ruine heraus, alle trugen lange Mäntel und Hüte mit Rand. Sie versammelten sich, bildeten eine Gruppe, stellten sich vor den Hauseingang, stießen gegen die Tür. Durch den Druck öffnete sich die Tür, die Frau fiel ins Haus hinein und die Männer stürmten wie eine Herde von Ochsen das Haus. Zunächst hörte man ein Geschrei, dann wurde es still.

»Ist es wahr? Träume ich? Sehen meine Augen richtig? Nein, nein, ich bin von einem Wahn ergriffen. Denn was haben so viele Menschen hier zu schaffen? Mein Gott, warum ist mein Schädel so geschwollen? Ich sehe immer dieselben Szenen.«

Mochtar zuckte zusammen, nahm seine Krücken, stützte die Achselhöhlen darauf und erhob sich. Aber er ging nicht. Er blieb. Was soll ich nun tun? Soll ich noch nicht hineingehen?

Der schwarze Hund ließ sich vom Dach herabfallen und lief durch den Türspalt ins Haus hinein. Mochtar konnte immer noch nicht seinen Platz verlassen. »Was soll ich tun? Soll ich immer noch nicht hineingehen?«

Er ging, aber nicht zu seinem Haus. Er ging mit den Krücken unter den Achselhöhlen die Schienen entlang zum Weichenstellerhäuschen.

Dort brannte Licht. Also ist der Weichensteller immer noch wach. Leise erreichte Mochtar die Hinterwand des Häuschens und drückte die Stirn an die trübe, staubige Scheibe. Der Weichensteller war dabei, den Ärmel seines Mantels zu nähen und summte dabei das Lied: »Ich habe eine Blume, ich brauche keinen Garten. Gärtner öffne die Tür, ich bin kein Blumenpflücker. Ich habe eine Blume, ich brauche keinen Garten.«

Mochtars Nasenspitze klebte an der Scheibe.

Der alte Weichensteller bemerkte ihn, riss die Augen auf und sagte: »Ja, zu Befehl. Bist du ein Gespenst? Im Namen Gottes, hier ist die Tür. Komm herein, von dieser Seite. Laß dich sehen.«

Mochtars Mund bewegte sich.

Der Weichensteller winkte ihm zu. »Komm herein, damit ich höre, was du zu sagen hast.«

Mochtar humpelte um das Häuschen herum, ging durch die kleine Tür hinein und blieb verwirrt stehen.

Der Weichensteller fragte: »Gut, und nun?«

»Ich, ich ...«

»Sag doch endlich, was du willst.«

»Ich ... nein ... hier ich ... hier ich ...«

Der Weichensteller sagte: »Vermutlich willst du dich wärmen. Also, hier ist der Korsi, bitte sehr. Bist du fremd hier?«

Mochtar vermochte kein Wort zu sagen, trotzdem versuchte er mit dem Weichensteller zu reden. Er wollte ihm über sein Haus, über das Haus hinter den Schienen Fragen stellen. Aber seine Zunge löste sich nicht.

Der Weichensteller sagte: »Wenn du dich wärmen willst, dann setze dich neben das Kohlebecken. Aber wenn du hier schlafen willst, du siehst ja wohl selbst, daß es hier zu eng ist. Das Häuschen hat nur für eine Person Platz.«

Mit großer Mühe sagte Mochtar: »Hier ... Hier ... in der Gegend ...«

Der Weichensteller erwiderte: »Hier gibt es eine Teestube. Auf der anderen Seite der Schienen.«

»Nein, etwas anderes, etwas anderes.«

Das Pfeifen des Zuges riß den alten Weichensteller von seinem Platz hoch. Er nahm seine Lampe und ging zur Tür hinaus. Mochtar blickte ihm nach, hielt einen Augenblick inne, und dann ging er hinaus, ohne zu wissen, was er tat, und verschwand in der Dunkelheit.

11

Marhab stand beim Fabrikeingang und lehnte sich an sein Fahrrad, einen Zigarettenstummel zwischen den Lippen. Seine Wollmütze hatte er bis über die Stirn gezogen. In wenigen Minuten würde die Sirene ertönen, und die Arbeiter würden ihre Arbeit beenden und herauskommen. Aber bis sie herauskamen und Marhab unter ihnen Ali fand, würden lange, träge Momente vergehen. Marhabs Stimmung war keineswegs ausgeglichen. So viel ging ihm durch den Kopf. Diese Sonne, die mit dem Schnee rang und dabei war, ihn zum Schmelzen zu bringen. Die Sonne erinnerte ihn an den ersten Morgen, an dem er aus dem wolkenreichen Norden hierher gekommen war. Wie glücklich er sich beim Verlassen der Teestube gefühlt hatte, ein Erlebnis wie bei einer Neugeburt. Seither war ein ganzes Jahr vergangen. Doch an jenem Morgen lag noch kein Schnee auf der Erde, der Himmel war klar, die Sonne schien, und es war kalt gewesen. Marhab dachte: ›Ein ganzes Jahr ist vergangen. Und was, was ist während dieser Zeit geschehen? Nichts, gar nichts. Dennoch, so übel war es auch nicht. Das ganze Jahr war nicht verloren, eine weitere Szene, die ich mir angeschaut habe. Mal sehen, was danach kommt, was das nächste Jahr und das Jahr danach bringt. Schließlich werde ich irgendwann diese Welt verlassen, oder die Welt wird mich niedermachen. Sei es drum. Die Erde soll sich drehen, und wir drehen uns mit ihr. Es wird schon werden. Entweder werde ich zu Fall gebracht oder ich werde andere zu Fall bringen. Aber was soll ich mit den drei Weibsbildern machen? Was für einen Strick ich mir da um die Beine gebunden habe. Was für einen Strick!‹

Das Fabriktor wurde geöffnet. Scharenweise strömten die Arbeiter heraus und gingen an Marhab vorbei. Diejenigen, die ihn näher kannten, winkten ihm zu oder nickten mit dem Kopf. Auch er grüßte jeden auf besondere Weise und winkte zurück.

Als letzter kam Ali heraus. Seine Stirn war noch naß von dem Wasser, mit dem er sein Gesicht gewaschen hatte. Er hatte seine Brille abgenommen und trocknete mit dem Taschentuch das Gesicht. Er hielt den Kopf gesenkt.

Marhab sagte zunächst nichts, er wartete ab, ob Ali ihn bemerkte. Nein, wenn Marhab nichts gesagt hätte, wäre Ali weitergegangen, denn Ali war kein aufmerksamer Beobachter seiner Umgebung. Also sprach er ihn an: »He, war es anstrengend?«

Ali schaute auf und erblickte seinen Freund. »Ah, da bist du ja.«

Marhab ging auf ihn zu. »Wie geht es dir?«

»Ich lebe noch. – Und dir?«

»Mir? – Mir geht es nicht schlecht.«

Sie gingen Schulter an Schulter.

Ali sagte: »Heute Mittag war ich im Büro. Es war, als ob ich deinen Nagel in einen Amboß einschlagen wollte. Beinahe hätte ich dem Direktor die Füße geküßt. Aber er lehnte ab. Er sagte, wenn ich ihn wieder einstelle, verliere ich bei den anderen Arbeitern die Achtung.«

»Hättest du es doch sein lassen. Denn ich werde sowieso nicht zurückkehren.«

»Ich dachte, es könnte vielleicht klappen.«

Marhab lachte. »So weit ich in meinem Leben zurückblicken kann, sehe ich mich als Arbeiter. Ich habe soviele verschiedene Tätigkeiten ausgeübt, wie ich Haare auf dem Kopf habe. Dennoch kenne ich mich weder in einem Bereich besonders gut aus, noch habe ich eine feste Stelle. Alles fängt immer wieder von vorne an.«

»Vielleicht könntest du dir zumindest ein gutes Führungszeugnis ausstellen lassen. Sonst wirst du nirgends aufgenommen.«

»Sie haben es abgelehnt.«

»Ich weiß. Denn eure Beleidigungen waren schwerwiegend. Weißt du, in solchen Fällen wird es sehr schwer sein, woanders eine Arbeit zu finden.«

»Ich habe doch keine große Rolle dabei gespielt.«

»Trotzdem. Allein der Umgang mit den anderen reichte aus, um dir eine Grube zu graben.«

»Laß es gut sein. Wie es auch gewesen ist, es ist zu Ende. Ich muß abhauen.«

Ali war verdutzt. »Wohin?«

»Dahin, wo der Zufall will. Vielleicht gehe ich nach Kuwait. Es soll dort genügend Arbeit geben. Ich bin nur gekommen, um mich von dir zu verabschieden.«

»Schade ... Ich werde mich sehr einsam fühlen. Kannst du nicht doch bleiben? Irgendeine Arbeit wirst du schon hier finden. Ich selbst werde für dich eine Arbeit suchen. Übrigens, mein Vater ist gestorben. Wir können das Zimmer schön einrichten, es neu streichen und beide darin wohnen. Meine Tante stört uns nicht. Sie bewohnt das andere Zimmer, neben der Treppe.«

»Nein, mein Freund. Das geht nicht.«

»Also haben deine Verwandten dir Schwierigkeiten gemacht, du hast die Nase voll von ihnen, nicht wahr?«

»Es ist nun geschehen ... So heimatlos einer auch sein mag, er wird schließlich irgendwo auf dieser Welt eine Bleibe finden. Das ist das Gute, aber auch das Schlechte am Leben. Doch ich nehme es nicht tragisch.«

»Willst du abhauen, weil sie dir täglich Geld abgezapft haben?«

»Nein, das ist es nicht. Wenn ich es hätte, würde es mir nichts ausmachen. Ich bin bekümmert, weil ich weiß, daß andere auf mich angewiesen sind und ich ihnen nicht so helfen kann, wie ich es möchte. Das macht mich traurig. Ich schäme mich, und das kann ich nicht ertragen. Und nun haben mich diese Feiglinge auch noch hinausgeworfen und mir den ohnehin kargen Lohn verwehrt.«

Ali schwieg einen Moment, dann sagte er: »Jetzt

hattest du doch eine Bleibe gefunden, dafür hättest du den Mund halten sollen.«

»Ich habe ihn nicht gehalten.«

»Wie sieht es jetzt bei dir aus?«

»Wenn ich tief in die Tasche fasse, werde ich ein paar Münzen finden. Und jetzt möchte ich, ehrlich gesagt, dir das Fahrrad verkaufen, nicht verkaufen, es dir überlassen. Denn ich möchte es keinem Fremden geben. Das wäre zu schade. Ich möchte es jemandem übergeben, der sorgfältig damit umgeht, es wie einen Teil seines eigenen Körpers behandelt. Mit diesem Fahrrad bin ich sehr vertraut, wie mit einem Bruder, wie mit dir. Ich wünsche, daß du sorgfältig mit ihm umgehst.«

»Ich habe doch jetzt kein Geld, um es zu kaufen.«

»Ich will kein Geld.«

»Das geht nicht. Ich nehme es nicht. Es sei denn, ich würde dir das Geld irgendwoher beschaffen.«

»Gib mir, was du kannst, vielleicht das Fahrgeld für die Fahrt an einen anderen Ort. Jetzt komm, setz dich vorn drauf, damit wir noch einmal zu zweit zum Andenken eine Runde drehen. Vielleicht werden wir uns nie mehr sehen ... So ist das Leben!«

Ali setzte sich auf die Stange. Marhab trat auf das Pedal und setzte sich auf den Sattel. Er trat so schnell er konnte. Ali sagte: »Was ist los? Fahre etwas langsamer. Da kommt ein Auto.«

»Fährst du nach Hause?« fragte Marhab.

»Ja, ich muß schauen, wie alles läuft.«

Marhab fuhr ihn bis zur Haustür. Ali sprang herunter und fragte: »Kommst du herein?«

»Nein, ich komme spät am Abend, um mein Bündel

und die Wolldecke mitzunehmen und mich auf die Straße zu stellen.«

»In der Nacht?«

»Ja, und jetzt will ich gehen und mich besaufen.«

»Dann laß mich dir Geld holen.«

»Hier, nimm das Fahrrad, das gehört jetzt dir.«

12

Furcht im Schnee. Mochtar stand, gestützt auf seine Holzkrücken, als habe man ihn in die Erde eingepflanzt, ganz verdorrt. Er hatte den Kopf in den Kragen seiner Jacke gesteckt, stand mit dem Rücken zum Wind und dem Gesicht zu seinem Haus: »Mein Haus, nein, das ist nicht mein Haus.« Er konnte es nicht glauben. Nein, Mochtars Haus war gar nicht hier. Hatte er es denn nicht auf einer Anhöhe, in der Nähe der Kuhställe gebaut? Wo sind nun die Kuhställe? Nein, er hat seine Sinne beisammen. Aber warum kommt es ihm vor, nein, er sieht es mit eigenen Augen, daß abends so viele Männer ein- und ausgehen? Und weshalb jeden Abend? Jetzt muß er sich auf den Weg machen und selbst an die Tür klopfen. Warum schafft er es nicht?

Er ging ein paar Schritte und blieb dann stehen, wie festgenagelt. Er brachte den Mut nicht auf. Er spürte, daß er zu nichts mehr zu gebrauchen war. ›Bin ich so erledigt?‹ dachte er.

Früher, bevor er auf die Reise ging, hätte schon der Hauch einer Ahnung, daß Chatun nur einem Hahn einen Blick zugeworfen hätte, genügt, um ihr den Schädel zu zerschmettern. Jetzt hatte er keinen Mut, um den nichtigsten Tatsachen in die Augen zu sehen. Er wollte nicht wahrhaben, daß dies sein Haus war, daß dort Menschen ein- und ausgingen. »Niemand geht dort ein und aus, niemand. Das ist nur eine Wahnidee von mir.« Jene Frau, die sich in einen Schleier eingehüllt hatte und vor einer halben Stunde ins Haus gegangen war, war nicht seine Frau. Er wollte nicht wahrhaben, daß es Chatun war. Nein, das würde Chatun nie tun. Sicher nicht, es war jemand anderes. Mochtar wollte glauben, daß er von einer Wahnidee besessen war, wollte glauben, daß alles so ablief wie früher, daß alles beim Alten geblieben war. Nein, nichts hatte sich geändert. Er wollte sich selbst einreden, daß er sich ohne Grund in dieses Abwarten, in diesen Schwebezustand begeben hatte, völlig ohne Grund. Nein, nichts hat sich verändert.

Aber warum konnte er seinen Blick nicht von dem Haus abwenden? Vor Kälte und Müdigkeit war sein Körper erstarrt, doch er bewegte sich nicht, er wollte sich nicht bewegen. Er merkte nicht, daß seine Knochen einfroren. Er hatte Zweifel. Zweifel! Sie zerfraßen sein Inneres wie Gift. Was er sich bisher überlegt und gesagt hatte, schien ihm nicht sicher. Sonst wäre er nicht auf den Gedanken gekommen, das Haus könnte vielleicht doch nicht sein eigenes sein. Er wollte es nicht wahrhaben. Er wünschte, dieses Haus wäre nicht sein eigenes, diese Frau wäre nicht seine Frau. Er wünschte, er besäße hier kein Haus und er würde überhaupt nicht auf dieser Erde existieren: ›Wie bedauerlich, daß der Schwertfisch mich nicht in zwei Stücke zerrissen hat.‹ Eine Droschke bog von der Hauptstraße her ein, passierte die Unterführung und fuhr zu Mochtars Haus. Ein Mann – vielleicht ein junger Mann – stieg aus. Er hatte ein Bündel in der Hand und trug eine Wolldecke auf den Schultern. Er ging schwankend, lehnte sich an die Droschke, drückte dem Kutscher das Fahrgeld in die Hand. Der Kutscher, der wie ein Lederknäuel auf seinem Platz saß, zog die Zügel, wendete das Fuhrwerk und fuhr denselben Weg, auf dem er gekommen war, zurück. Mochtar wollte die Kutsche anhalten, aber er schaffte es nicht. Er konnte seinen Blick nicht vom Haus abwenden. War das alles eine Wahnidee? Keineswegs. Selbst die Geräusche der Räder und der Hufe klangen in seinen Ohren. Alles war hör- und sichtbar. Alles konnte man anfassen und fühlen. Auch der, der jetzt am Hauseingang stand, war deutlich zu sehen. Es war ein Mensch, den man anfassen konnte, den man sehen, mit dem man sprechen konnte. Ja, ein Mensch, eine Person, die gerade dabei war, das Haus zu betreten, ein Haus, das Mochtar als sein eigenes betrachtete. Mochtars Haus. Die Tür öffnete sich. Ah ... ja, sie öffnete sich halb, und der Mann verschwand in dieser Öffnung. Eine Frau muß ihm die Tür geöffnet haben. Wer anders könnte sie sein als Chatun. War es tatsächlich die Hand Chatuns, die dem fremden Mann die Tür geöffnet hatte? Chatuns Hände! Mochtar dachte: ›Was soll ich jetzt tun? Ob ich jetzt endlich hineingehen soll?‹

Chatun schloß hinter Marhab die Tür. Marhab ging ins Zimmer, legte sein Bündel in eine Ecke und setzte sich schweigend auf die Truhe. Bibi und Chawar saßen unter dem Korsi, sie waren vom plötzlichen Auftauchen Marhabs überrascht. Vielleicht hätten sie gerne etwas gesagt, aber ihnen hatte es die Sprache verschlagen. Marhab hatte sich verändert, er war völlig anders als sonst. Er hatte die Augenbrauen zusammengezogen, seine Ohren und Wangen waren gerötet. Er rauchte fast pausenlos. Man sah, daß er sehr unruhig war, sein Verhalten zeigte, daß er innerlich kochte. Er schaute nichts und niemanden an. Den Kopf hielt er gesenkt, er zupfte an der Nagelhaut seines Daumens.

Selbst als Chatun ins Zimmer kam, schaute Marhab sie nicht an. Auch sie schwieg. Sie konnte nicht reden. Sie schien wie benommen. Vermutlich hatte sie keine Kraft mehr im Gaumen. Sie fühlte sich so, als sei jemand in ihrer Seele gestorben, als sei Chatun selbst im Herzen Chatuns gestorben.

Marhab erhob sich von der Truhe, drehte sich mit dem Rücken zu den Frauen und stellte sich vor die Wand.

Marhab betrachtete sich im kleinen Spiegel, der in die Wand eingemauert war. ›Was hast du für eine Stirn, Mensch. Du hast keine Ahnung, was geschehen wird und wo du landen wirst, weißt nicht, wann und wo du mit dem Kopf gegen Felsen rennst, stehst plötzlich da, fragst dich, woher du gekommen bist, wohin du gehst. Irgendeinen Ort mußt du dir suchen. Du kannst dich doch nicht wie ein Mühlpferd ständig im Kreis drehen. Kann es sein, daß man dich mit einem Mühlpferd verwechselt hat? Dich, Marhab?‹

Die Frauen merkten wohl, daß Marhab völlig verwirrt war. Chatun gab Tochter und Mutter ein Zeichen, sie sollten in die Kammer gehen. Sie selbst stand auf und blieb hinter seinem Rücken, nah an seiner Schulter stehen. Dann fragte sie sanft: »Was ist dir widerfahren?«

Marhab lehnte die Stirn an die Wand neben dem Spiegel und schwieg, als wäre er in sich versunken. Chatun spürte, daß sie ihre Hand nicht auf seine Schulter legen durfte. Das war nicht derselbe Marhab, den sie jeden Abend gesehen hatte. Irgendwie fürchtete sie sich vor ihm. Trotzdem konnte sie nicht still bleiben. »Willst du nicht reden? Warum sagst du nichts? Ist etwas passiert?«

»Ich wollte an jenem Abend, ja genau an jenem Abend zu dir kommen. Wenn du die Wahrheit wissen willst, ich war betrunken ... Schon den ganzen Abend hatte ich an dich gedacht ... Dann kam ich hierher, doch ich wagte es nicht, hereinzukommen. Ich dachte, wenn ich hineinginge, würde ich mich vielleicht vor dir schämen. So bin ich wieder weggegangen.«

»Welchen Abend meinst du?«

»An dem Tag, an dem ich entlassen wurde. Das ist schon ein paar Tage her.«

»Entlassen, aus der Fabrik? Ja, ich habe es schon gehört. Warum haben sie dich entlassen?«

Marhab drehte sich um und lehnte seine herausragenden Schulterblätter an die Wand. Aber er schaute Chatun nicht an, er blickte auf die eigenen Füße. »Nur so.«

»Wieso?«

»Laß mich reden!« Marhab schrie Chatun an.

Chatun trat ein wenig zurück.

Marhab konnte kaum auf den Beinen stehen. Er war betrunken. Der Alkohol hatte seinen Körper erlahmen lassen. Mühsam ging er zum Korsi und setzte sich darauf. Sein Kopf fiel herab, die Schultern zogen sich hoch, auf seinem Rücken bildete sich ein Buckel. Eine Weile blieb er in dieser Haltung. Dann sagte er: »Ich redete gerade davon, daß ich an jenem Abend dabei war, hierher zu kommen. Vielleicht hätte ich dann Dinge gesagt, die sowohl für mich als auch für dich unangenehm gewesen wären.«

Chatun kam näher. »Was für Dinge?«

»Ich sage es doch gerade. Fall mir nicht dauernd ins Wort. Wenn ich gekommen wäre, hätte ich dich vermutlich ganz schön durcheinandergebracht.«

»Das tust du doch jetzt auch. Du raubst mir fast das Leben. Sag schon, was es ist.«

Marhab hob den Kopf, blickte Chatun in die Augen, schwieg einen Augenblick und sagte dann: »Ich wollte hierher kommen und dir sagen ... dir sagen ... Ich kann es nicht.« Hier senkte er wieder den Kopf, damit er Chatun nicht sah und fuhr fort: »Dir sagen, daß ich nicht bis zu meinem Lebensende die Verantwortung für dich und deine Familie übernehmen kann. Ich bin solche Dinge nicht gewohnt, kann mich nicht daran gewöhnen, mich für etwas oder jemanden bei anderen zu erniedrigen ... Dem Arbeitgeber schmeicheln, den Kopf senken, jede Anordnung ausführen und mich vor jedem Unmenschen verbeugen. Ich kann es nicht.«

Chatun sank schweigend und völlig erschöpft neben dem Korsi in der Nähe von Marhabs Stiefeln in die Hocke.

Marhab sagte: »Ich habe es nie gekonnt.«

»Ich hatte mit dir gerechnet.« Nur mühsam brachte es Chatun heraus.

Marhab fühlte sich betroffen. »Das weiß ich. Deshalb bin ich an jenem Abend nicht gekommen. Wenn ich gekommen wäre, hätte ich dasselbe gesagt, wie heute.«

Chatun schaute nach oben, blickte ihn an. »Und jetzt?«

»Ich habe es ja gesagt. Ich kann nicht Woche für Woche die Kosten dieses Haushalts tragen. Mein Beutel ist leer. Ich habe nichts in der Hand. Es sei denn, ich würde eine Arbeit bekommen. Und das ist jetzt sehr schwierig geworden. Überall, wo ich hingehe, werde ich ausgefragt: Wo hast du vorher gearbeitet? Wer bürgt für dich? Wo ist dein Personalausweis? Was kannst du? Wieviel wiegst du? Und tausend ähnliche Fragen.«

»Ich habe allen erzählt, daß du mein Mann wärst. Jedem habe ich das erzählt, dem Gendarm, meiner Mutter, meiner Tochter, allen.«

»Ich weiß. Ich war ja auch damit einverstanden. Aber was soll ich tun? Es geht nicht, meine Hände sind leer.«

»Dann komm wenigstens wie bisher zu uns, ohne die Kosten zu übernehmen. Ich werde so oder so selbst arbeiten. In der Glasfabrik stellen sie auch Arbeiterinnen ein. Ich werde hingehen und dafür sorgen, daß ich aufgenommen werde.«

Halb lachend, halb weinend bedeckte Marhab sein Gesicht mit den Händen und kniete nieder. »Was denn noch? Soll ich auf deine Kosten leben, auf Kosten einer Frau! Ich würde vor Scham sterben. Nein, niemals.«

Chawar und Bibi hatten den Vorhang zur Seite gezogen.

Bibi flüsterte dem kleinen Mädchen etwas ins Ohr.

Dann sagte Chawar: »Willst du fortgehen, Onkel Marhab?«

Marhab schaute sie an. Chawar kam auf ihn zu und streichelte mit dem Kopf seine Knie. Marhab streichelte ihr übers Haar und sagte gebrochen: »Nein ..., ja ..., nein ..., doch, mein liebes Kind. Ich werde gehen. Aber ich komme wieder. Ich werde zu euch kommen und auch dir ein Kleid mitbringen.«

Er stand auf, zog das Kind von seinen Knien und ging zu seinem Bündel. Er steckte die Hand in die Tasche und wandte sich an Chatun, die immer noch auf dem Boden saß. »Ich kann dir nicht ins Gesicht sehen. Komm, wir teilen uns das Geld, das ich noch habe. Das habe ich für mein Fahrrad bekommen.« Er legte die Hälfte seines Geldes auf das Tablett, das auf der Truhe stand. »Ich werde euch, wenn es mir gelingt, Geld schicken. Und nun gebt mir euren Segen.«

Marhab ging hinaus. Chatun begann zu weinen. Bibi stand auf, klammerte ihre Hände um Chawars Schultern und flehte sie an: »Ruf du ihn, ruf ihn!«

Chawar rannte zur Tür. »Onkel, Onkel Marhab!«

Marhab kam zur Tür zurück: »Ja, mein Kind.«

Sie zeigte auf ihre Mutter und sagte: »Chatun.«

Chatun wischte die Tränen mit einem Zipfel ihres Schleiers vom Gesicht und sagte zu Marhab: »Bleib wenigstens über Nacht hier.«

Marhab betrat das Zimmer, ging auf sie zu, umarmte sie brüderlich, zog ihren Kopf an seine Schulter und sagte leise: »Ich kann es nicht, ich kann es nicht. Aber ich begehre dich sehr, sehr. Lebe wohl. Wenn ich es schaffe, kehre ich wieder zurück.« Er löste sich von Chatun, ging rückwärts aus dem Zimmer, durchlief den

Flur, öffnete die Haustür und verschwand in der Nacht, den Kopf voll wirrer Gedanken.

Mochtar bebte am ganzen Leib. Er spürte, daß er eingeschlafen war und Alpträume hatte. Sein ganzer Körper zitterte wie eine Vogelscheuche im Wind. Er war völlig verwirrt, wußte nicht, was er tun sollte. Sollte er hineingehen, bleiben, zurückgehen? Er wünschte, die Erde würde sich öffnen und ihn verschlucken.

Er wußte nicht, wie lange er dort wie angenagelt gestanden hatte. Eine Minute oder eine Stunde? Er riß eine seiner Holzkrücken vom eingefrorenen Boden und drehte sich in einem Halbkreis auf dem linken Fuß. Dabei erblickte er einen Mann, der einen Umhang um die Schultern gelegt hatte und ein Bündel in der Hand trug. Er kam gerade den Bahndamm herauf. Das war er, derselbe Mann, der mit der Droschke gekommen, ins Haus gegangen und vor einer Weile wieder herausgekommen war. Die eigenen Augen lügen nicht. ›Er ist es, ich sehe ihn vor mir. Ich werde hingehen, ihm den Weg versperren und ihn alles fragen, was ich wissen möchte. Ich muß von ihm alles erfahren, was sich in dem Haus abspielt, ich werde es erfahren, ich werde alles aus ihm herausholen.‹

Er ging. Sein Körper war starr. Er spürte, daß er die Kontrolle über seinen eigenen Leib verloren hatte. Dennoch versuchte er mit großer Anstrengung den Mann zu erreichen, von dem er glaubte, er sei aus seinem Haus gekommen. Mochtar hinkte über den Abhang der Schienen. Marhab wurde seiner gewahr und erschrak. Er war nicht vorbereitet, hier, zu dieser späten Stunde einem Menschen zu begegnen, einem

Einbeinigen dazu. Er erschrak, fürchtete sich plötzlich. Der Einbeinige war plötzlich aufgetaucht, wie ein Gespenst. So kehrte ihm Marhab unwillkürlich den Rücken und lief die Böschung hinunter. Bis Mochtar die Schienen erreichen konnte, hatte Marhab längst den Graben hinter sich gelassen.

Mochtar rief ihm nach: »Bruder, Bruder!«

Marhab schaute skeptisch zurück.

»Bleib stehen. Ich möchte dich etwas fragen«, sagte Mochtar.

»Ich habe es eilig, Bruder.«

»Nur eine Minute ...«

»Ich habe zu tun, Bruder, muß den Zug erreichen.«

Die beiden Männer, zwei schwarze Punkte in der schneebedeckten, von Finsternis beherrschten Landschaft, versuchten aus dem großen Abstand ihre Stimmen für den anderen hörbar zu machen. Marhab ging weiter, und Mochtar glitt, nervös in seiner Behinderung, den Bahndamm hinunter und folgte Marhab. Mit den Krücken machte er große Schritte und zog sich nach vorn. Doch Marhab war schneller. Er hatte lange Beine, und dies rettete ihn vor Mochtar. Marhab war bereits jenseits des Grabens bei den leeren Teerfässern angelangt, während Mochtar noch diesseits des Grabens erst den Telegraphenmast erreicht hatte. Mochtar sah, wie der Mann ihn fürchtete, aber er konnte bei sich selbst nichts Furchterregendes entdecken. Er wollte ein paar Fragen über sein Haus stellen. Sonst nichts. Aber der Mann lief so, als würde er von Geheimagenten verfolgt. Mochtar litt unter seiner eigenen Schwäche und spürte, daß seine Brust voller Gram und Haß war. Er blieb stehen und jaulte wie ein Wolf: »Bruder!«

Marhab drehte sich um, blieb neben den leeren Teerfässern stehen, nahm ein paar Münzen aus der Tasche, wischte mit seinem Ärmel den Schnee von einem Faßdeckel, legte das Geld dahin und sagte: »Verzeih, Bruder. Ich habe kein Kleingeld mehr. Gott schütze dich.«

Mochtar heulte: »Ich will dich sprechen, will dich etwas fragen, du Erbarmungsloser.«

»Es ist zu spät, Bruder, ich habe es eilig.«

»Sag mir nur, daß du es nicht warst, der aus dem Haus herauskam«, schrie Mochtar.

Marhab hielt einen Augenblick inne. Dann sagte er: »Nein, ich war es nicht.« Dann beschleunigte er seine Schritte.

Mochtar war sich sicher, daß der Mann vor ihm Angst hatte. Ein Lachen bildete sich, wie ein altes Schimpfwort, um seine Lippen: »Ich sehe aus wie ein Geier. Alle flüchten vor mir. Nicht ohne Grund werde ich hier in der Gegend als ein schlechtes Omen bezeichnet.« Und er mußte über sich selbst lachen.

Er verlor Marhab aus den Augen. Geduldig ging er um den Graben herum, ging zu den Fässern, sammelte die Münzen, steckte sie in die Tasche und blieb neben dem Faß stehen. Er schämte sich, daß er das Geld genommen hatte. Er haßte seine linke Hand, mit der er das Geld aufgesammelt hatte. Aber er brachte es auch nicht übers Herz, es wieder zurückzulegen. Er setzte seinen Weg fort. Wenig später stieg er wie eine alte Ziege, die den Berg hochklettert, auf den Bahndamm und stellte sich auf demselben Platz hin, von dem aus er immer sein Haus beobachtete. Die Schienen sahen aus wie zwei schwarze Schlangen, die durch den Schnee krochen. Und Mochtar glich einem von Schlangen gebissenen Kamel, das zwischen ihnen zu Boden gegangen war. Er fragte sich: ›Was muß ich tun?‹

Der Schein, der aus dem Fenster kam, erlosch. Mochtar drehte sich um und ging zu Moschirs Teestube. Das Fenster der Teestube war noch hell.

13

Moschir lehnte hinter dem Samowar und den Teegläsern mit dem Rücken an der Wand, das Kohlenbecken zwischen den Beinen, und döste vor sich hin. Sein länglich knochiges Gesicht, das dem Gesicht eines kranken Pferdes glich, war ihm auf die Brust gesunken, seine bläulichen Augenlider schienen müde und verzerrt, seine Haare standen stachlig nach oben wie ein Gebüsch von Dornen, das in der Sonne weiß geworden ist.

Marhab hatte sich in seine grünkarierte Wolldecke gehüllt, hatte sich auf ein Sofa gesetzt, die Beine auf den Tisch gelegt und seine Mütze bis zu den Augenbrauen heruntergezogen. Aus seinem viereckigen, kräftigen Gesicht leuchteten zwei braune Katzenaugen. Er wollte dem Schlaf und der Müdigkeit keinen Zugang zu seinem Körper gewähren. Er nahm die Beine vom Tisch, das Geräusch seiner Stiefelabsätze auf dem Boden schreckte Moschir auf.

Moschirs Kopf hob sich vom Brustkorb, die Lider trennten sich und sein Blick richtete sich starr auf

Marhabs Gesicht: »Was ist? Soll ich wieder Tee bringen?«

»Nein, warum ständig Tee trinken, nur um immer wieder hinauszugehen? Es gibt nichts Nutzloseres als diesen Tee. Wenn man mehr als vier Gläser trinkt, wird man wie eine Wasserrinne.«

Gähnend sagte Moschir: »Du hast wohl noch keinen richtigen Teetrinker gesehen? Da gibt es einen Krüppel, der hier gelegentlich vorbeikommt. Wenn man ihn nicht davon abhält, trinkt er hintereinander bis zu vierzig Gläser Tee. Er trinkt soviel, daß ihm Schweiß von Kopf und Ohren trieft. Übrigens, mir fällt etwas ein. Was fehlt dir denn, daß du schon wieder dein Bündel gepackt hast?«

»Ich habe es dir schon gesagt. Nach jahrelangem Herumirren wollte ich endlich eine Bleibe finden. Das ging aber nicht. Diese Bastarde haben es verhindert. So muß ich mich wieder auf den Weg machen. Offenbar ist mir dieses Schicksal auf die Stirn geschrieben. Ein Leben lang muß ich von einem Ort zum anderen ziehen.«

»Ich habe nie verstanden, welchen Hauptberuf du hast.«

Marhab zögerte mit der Antwort, dachte nach.

»Was ich für einen Beruf habe, wer ich bin?

Ich heiße Marhab. Der Marhab, der mit zerrissenem Kragen und zerrissener Unterhose hinter der Droschke herrannte, um auf die Hinterachse zu springen ...

... der in der Grube, neben dem Schmelzofen von Hadj Maschkur mit anderen zusammenhockte und das Knöchelspiel spielte ...

... der in Begleitung von Pir Ali aus den Bergen von

Bibischahrbanu Steine auf einen Karren auflud, sie zu den Steinmetzen brachte, damit sie daraus Grabsteine schlagen ...

... der auf dem Obstmarkt Körbe von Weintrauben auf den Schultern trug und vor dem Besitzer der Ware durch die Menschenmenge zu dem Platz trabte ...

... der auf einem Lastwagen stand und die Zuckermelonen, die die Saisonfeldarbeiter hinaufwarfen, auffing und sie aufeinanderstapelte ...

... der auf einem Weinfeld die Erde schaufelte ...

... der auf einem Baumwollfeld die Säcke voller Samenkapseln auf den Schultern trug ...

... der in der Traktorenwerkstatt Traktoren und Geräte ölte ...

... der auf den Feldern die Ernte einsammelte ...

... der auf der Baumwollplantage einem Mädchen nachlief ...

... der dem Mann, der auf dem Lastwagen stand, die Rüben hochwarf ...

... der hinter dem Rübenwagen herrannte ...

... der einen Traktor lenkte ...

... der am Rad eines großen Wagens schlief, der Marhab, der im eiskalten Wind verdorrte.

Eines Tages habe ich in der Wüste von Torbat einen Dornenbusch gesehen. Der Wind hatte die Wurzeln herausgerissen und ihn mitgenommen ... Hast du Wodka im Lager?«

»Wozu brauchst du jetzt noch Wodka? Dir tropft doch der Alkohol schon von den Wimpern!«

»Was gehen dich meine Wimpern an? Ich habe dich gefragt, ob du Wodka hast.«

»Nein.«

»Nein, nein!«

»Was ist heute abend mit dir los?«

»Ich rannte dem Busch nach, faßte ihn mit der Hand. Dann übergab ich ihn wieder dem Wind. Der Wind nahm ihn mit ... Ich möchte aufstehen und meinen Kopf gegen die Wand schlagen. Möchte irgendetwas zerstören, irgendetwas tun. Zum Beispiel jemandem etwas antun. Ich, ich denke, daß ich keine Wurzeln habe.«

»Was ist mit dir geschehen, seit du vom Teehaus zu deinem Freund gezogen bist? Bist du verrückt geworden?«

Marhab legte den Kopf auf die Hände, seine Schultern begannen zu zittern. Mit gebrochener Stimme sagte er: »Erstens weiß ich nicht, was ich noch in dieser Welt machen, und zweitens, was ich mit mir selbst anfangen soll.«

Moschir legte Marhab die Wolldecke über den Kopf und sagte: »Dir geht es nicht gut. Versuch noch etwas zu schlafen. Wenn er kommt, sag ich dir Bescheid. Jedesmal, wenn er kommt, hört man ihn schon von weitem pfeifen.«

Mochtar öffnete die Tür mit der Krücke, betrat das Teehaus, drehte sich um die Holzstützen, schloß die Tür hinter sich und grüßte.

Er zitterte. Der Glanz seiner Augen verriet die innere Unruhe, als fürchte er sich vor allen Menschen, die ihn anblickten. Er war völlig erschöpft. Nur die Krükken hielten ihn noch aufrecht.

Moschir wandte seinen Blick von ihm ab und sagte: »Da ist er wieder.«

Mochtars Leib verwandelte sich durch die Wärme

des Raums, ein Kribbeln ging durch seinen Körper. Er ging zum Ofen, um sich zu wärmen.

Moschir flüsterte: »Allmählich wird mir übel, wenn ich ihn sehe. Er ist ein Denkmal des Unglücks.« Mochtar klebte wie der Teig in der Backgrube an den Kacheln des Ofens.

Moschir erhob seine Stimme: »He! Hände weg von den Kannen!«

Mochtar wußte, daß er Moschir nicht reizen durfte. So zog er sich schweigend zurück.

Doch Moschir ließ ihn noch immer nicht in Ruhe. »Seitdem er das Teehaus betreten hat, schleppt er einen Haufen Unglück mit sich herum. Sagt, bei Gott, wer von euch mag diesen Haufen Elend anschauen.«

Mochtar mochte nicht stehenbleiben, damit die anderen ihn mustern konnten. Er war ja auch kein Affe, den man im Käfig zur Schau stellt. Die Blicke der anderen verstimmten ihn. Er bewegte sich hin und her, drehte sich um sich und blickte dabei auf den Boden. Vor allem ertrug er die scharfen und spöttischen Blicke jenes Schelms nicht, der in der Ecke hockte, auch nicht jenes Fremden, den er zum ersten Mal hier sah. Bei diesen Blicken spürte er eine tiefe Erniedrigung. Was sollte er tun?

»Der Tee ist zu Ende«, sagte Moschir.

»Und schlafen?« fragte Mochtar.

Moschir knirschte mit den Zähnen. »Ein hartnäckiger Kerl! Hättest du doch das zweite Bein auch verloren. Dann könntest du jetzt das Teehaus nicht mehr betreten. Als er zum ersten Mal hierher kam, fiel der Samowar um und das kochende Wasser verbrannte die Beine meiner sechsjährigen Tochter.«

Marhab hob den Kopf aus den Händen und musterte Mochtar. Er erstarrte. Seine Augen standen unbeweglich wie zwei Staubflecken, die Lippen blieben verschlossen. Nur mit Mühe konnte er kurz schnalzen. Er war immer noch benommen, fragte sich, ob der Krüppel ihn erkannt hatte. Nein, er wollte nicht glauben, daß das der Mann war, der ihm kurz zuvor im Schnee über den Weg gelaufen war. Doch Mochtar hatte noch niemanden sehen können. Die Anwesenden schwebten nur als Schatten vor ihm. Er war immer noch verstimmt und hing wie eine Leiche zwischen den beiden Krücken. Marhab verlor die Geduld. Er fragte: »Warum setzt du dich nicht hin, Bruder?«

Mochtar glotzte ihn an wie ein Ochse. »Wieder habe ich sie nicht gesehen.«

»Wen hast du nicht gesehen?«

Marhab ging auf Mochtar zu.

Mochtars Augen sahen trüb und kränklich aus, und Marhab spürte, wie tief und weit sie waren, als seien sie das Tor zu einer Finsternis.

Er setzte Mochtar auf einen Stuhl, doch Mochtar hielt immer noch seinen Blick auf ihn geheftet. »Es ist Nacht, der Himmel ist dunkel.«

Moschir sagte etwas anzüglich: »Ja, das ist das einzige, was du immer wiederholst. Draußen ist es doch ganz hell.«

Mochtar sah ihn an. »Es ist Nacht, und es ist kalt. In den früheren Jahren war es nicht so kalt.«

»Da war es genauso kalt, nur du hattest vermutlich mehr Kraft.«

»Ja, ich war kräftiger.« Er sah seine Hände an, sie waren verdorrt und bläulich. »Mein ganzes Blut habe ich verloren. Ich bin ganz nah daran gewesen, es fehlten nur noch hundert Schritte. Der Wind trug ihre Stimme an mein Ohr. Aber ich bin nicht hineingegangen, ich konnte es nicht.«

Marhab fragte: »Wessen Stimme?«

»Die Stimme ihrer Kinder.«

Moschir mischte sich ein. »Du bist nicht hineingegangen. Wohin soll das führen? Du kannst ja nicht ewig in diesem Zustand bleiben.«

»Ich konnte nicht. Ich stand lange dort. Aber ich konnte keinen Schritt weiter.«

»Ihr seid Zeugen«, sagte Moschir. »Seit dreizehn Abenden wiederholt sich die gleiche Szene. Von morgens bis abends treibt er sich in den Ruinen neben der Kaserne herum, bei der Dämmerung geht er zu den Eisenbahnschienen, legt sich auf den Bauch und beobachtet sein Haus, in der Hoffnung, seine Tochter käme heraus, und er würde sie sehen. Es ist aber so kalt, und das Kind geht nicht aus dem Haus. So ist es.«

Mochtar kratzte seine Achselhöhle und flüsterte vor sich hin: »Ich überlege jetzt, warum ich überhaupt gekommen bin. Ich hätte jenseits des Meeres, am Hafen bleiben und irgendwie mein Leben fristen sollen.«

»Dort ist es auch wärmer als hier«, sagte Moschir.

»Es wäre besser, viel besser.«

Der fremde Gast, der nun nicht mehr einschlafen konnte, fragte: »Warum ist er nicht hingegangen?«

»Frag den Herrn selbst.«

»Warum bist du nicht hingegangen, Bruder?«

Mochtar sprach zu sich selbst: »Ich konnte nicht. Es ging nicht. Ich hatte mich entschlossen hineinzugehen, aber meine Füße weigerten sich.«

»Du hättest den Sprung wagen müssen.«

»Es ging nicht, Bruder, es ging nicht. Wenn man etwas verliert, verwandelt man sich von Grund auf, man fühlt sich fremd unter den Menschen. Alle sehen einen so schief an, als habe man tausend Fehler begangen. Wenn meine Frau mich jetzt sehen würde, würde sie mich so ansehen, als wäre ich ein Gespenst, ein Gespenst.« Mochtar zitterte so, daß die Worte zwischen seinen Zähnen zerbrachen.

Der Fremde sagte: »Ihm ist immer noch kalt.«

»Schon seit einem Monat friere ich. Diese Kälte wird noch meine Knochen zerfressen.«

Marhabs Rückgrat zuckte, sein Körper schüttelte sich. Die Zähne hatten sich verschlossen. Er wollte etwas sagen, doch er merkte, daß er die Lippen nicht bewegen konnte. Mochtars Schüttelfrost wollte nicht aufhören.

Marhab merkte, daß er sich nun wieder bewegen konnte. Er stand auf, nahm die Wolldecke von seinen Schultern, zog seinen kurzen Mantel aus, legte ihn auf Mochtars Schultern, hüllte sich wieder in seine Wolldecke und setzte sich hin.

Mochtar sagte: »Seit dem Tag, als ich diesseits des Meeres die Erde betrat, ist mein Rücken nicht mehr warm geworden. Das Klima dort ist ganz anders. Jetzt zum Beispiel kann man in Kuwait im Unterhemd herumlaufen. Aber hier hat man den Eindruck, als fiele Gift vom Himmel herab.«

»Kuwait?« Dies fragte Marhab unwillkürlich.

Mochtar sagte: »Dort ist das Klima milder, wesentlich milder.«

»Sag mal, wie sieht es dort aus? Wie steht es mit der

Arbeit? Gibt es Möglichkeiten? Ich habe gehört, daß man dort ordentlich Geld verdienen kann.«

»Das Klima dort ist milder.«

»Willst du sagen, daß alles, was man über Kuwait erzählt, Unsinn ist?«

»Aber hier durchlöchert der Wind deine Augen.«

»Wo warst du beschäftigt? Wie hoch war dein Tageslohn?«

»Was nützt dir das alles, Bruder? Was willst du damit anfangen?«

»Ich will nur einen Gesamteindruck haben.«

»Wäre ich doch bloß nicht auf den Gedanken gekommen. Es wurde schlimmer, als es vorher war.«

»Hat es sich also nicht gelohnt?«

Mochtar zog den Mantel höher um die Schultern und sprach vor sich hin: »Das Zittern ist mehr wegen des Beins. Es brennt, als habe man es gerade aus dem Ofen geholt.«

Marhab zog an Mochtars Mantelkragen und fragte: »Und, was geschah, nachdem du ankamst?«

»Aus meinem Schenkel fließt wäßriges Blut. Die Kälte ist für alte Wunden schädlich, nicht wahr?«

»Ja, die Kälte tut der Wunde sicherlich nicht gut. Aber ich hatte gehört, daß Kuwait sehr ...«

Moschir fiel ihm ins Wort: »Gleich von der ersten Stunde an habe ich dir gesagt, geh in eines dieser staatlichen Krankenhäuser, laß dich untersuchen. Aber du hast nicht auf mich gehört. An Halsstarrigkeit fehlt es ihm nicht.«

Marhab fragte Moschir: »Ist es dort passiert?«

»Wie er erzählt, ist er etwa vor einem Jahr in einem Krankenhaus in Kuwait operiert worden.«

»Das heißt, das Bein wurde amputiert.«

»Hast du keine Augen im Kopf?«

»Wo ist das passiert, bei der Arbeit?«

Moschir gab keine Antwort.

Mochtar sagte: »Motorboot. Weißt du, was das ist? In den Gewässern von Kuwait wurde ein Motorboot von Maschinenpistolen unter Beschuß genommen. Man hatte gedacht, mit dem Boot würden Waffen oder ähnliches geschmuggelt. Das Boot wurde wie ein Sieb durchlöchert, und wir fielen wie Getreidekörner ins Wasser. Wir waren siebzig Personen. Ein paar von uns wurden durch die Geschosse getötet, etwa zwanzig ertranken. Den Rest trugen die Wellen hinweg. Das waren ich, ein Schwarzer, einer aus Bahrain, drei Araber aus Mekka, ein Jude und zwei Sikhs. Einer der Sikhs wurde durch den Rücken in zwei Hälften geteilt. Als ich im Krankenhaus die Augen öffnete, merkte ich, daß mir ein Bein fehlte. Dann gaben sie mir diese beiden Holzkrücken und schickten mich weg, ich sollte nach Hause gehen. Mir kam alles vor wie ein Traum.«

»Und die anderen? Die, die tot waren?«

»Die, die tot waren? He, he, dort krepieren die Menschen wie Fliegen, und niemand hält ihnen eine Predigt.«

Marhab zog sich etwas zurück. »Du hast mir alle Hoffnungen genommen, Bruder. Ich hatte allerhand Pläne.«

»Manchmal komme ich auf dumme Gedanken. Ich denke, vielleicht war das doch mein Haus, und die Frau, meine Frau ... Wäre das möglich?«

Mochtar schwieg. Auch Marhab blieb ruhig. Moschir ging, einem Zeichen Marhabs folgend, zu den

Teekannen und kehrte mit zwei Gläsern Tee zurück. Er stellte sie vor Marhab und Mochtar. Der fremde Gast hatte sich an die Wand gelehnt und war eingeschlafen. Moschir ging zu ihm, legte ihn hin und zog eine Decke über ihn. Sein Blick fiel dabei auf den Schelm. Er war noch wach, aber hielt die Augenlider geschlossen.

Marhab spürte einen Kloß im Hals. Er zündete eine Zigarette an und reichte sie Mochtar. Mochtar schlang den Rauch begierig in sich hinein.

»Dort, Bruder, werden Menschen wie geraubte Gegenstände behandelt. Sie pressen jede Arbeit gegen beliebigen Lohn aus dir heraus, denn du arbeitest schwarz, es ist ein Schmuggelgeschäft. Und wenn du den leisesten Ton sagst, wirst du zusammengeschlagen wie ein Hund, damit du erstickst. Wenn das nicht reicht, dann kommt die Polizei. Man ist gezwungen, jede Erniedrigung hinzunehmen, wie ein Esel zu arbeiten und den Mund zu halten. Und wenn man nach sechs Monaten sich selbst betrachtet, dann stellt man fest, daß man sich in einen Knecht verwandelt hat.«

Moschir sagte: »Das erzählt er jedem, dem er auf Gottes Erden begegnet.«

Marhab achtete nicht auf Moschirs Bemerkung, legte seine Wolldecke auf Mochtars Schultern. »Du zitterst ja immer noch.«

»Diese Kälte wird so schnell nicht von meinem Rücken weichen.« Er faßte in die Tasche, holte eine kleine Dose heraus, öffnete sie, nahm eine Erbse Opium, legte sie auf die Zunge und trank einen Schluck Tee.

»Nimmst du Opium?«

»Wenn ich diese bittere Pille nicht schlucke, sterbe ich. Was für ein niederträchtiges Wetter!« Er zitterte wie der Zweig einer Trauerweide im Wind.

Marhab schritt ein paarmal im Teehaus hin und her und blieb wieder in Mochtars Nähe stehen. Er kam nicht zur Ruhe. »Zu Hause, egal wie es dort ist, es ist besser als hier.«

»Zu Hause?«

»Ja, es ist besser als hier. Auch ich übernachtete früher hier. Aber dann habe ich mit meinem Freund gemeinsam in einem Haus gewohnt.« Mochtar warf Marhab einen bleiernen Blick zu. »Wie alt bist du?«

Marhab schien die Frage unerträglich. Wie ein Wilder sprang er auf und ging zur Tür, öffnete sie einen Spalt und flüsterte vor sich hin: »Dieser verdammte Zug läßt ewig auf sich warten.«

Moschir, der eine Bettdecke unter dem Arm trug, kam aus der Kammer heraus. »Mach die Tür zu, es zieht.«

Marhab schloß die Tür und sagte zu Moschir: »Dieses Freundchen hat sich wie eine Schlange auf meinen Weg gelegt! Wie spät ist es denn?«

Moschir legte die Bettdecke auf das Sofa. »Wenn der Zug kommt, ist es halb zwölf.«

»Er ist ja noch nicht da.«

»Dann wird es gegen elf sein.«

Mochtar hatte sich gekrümmt wie ein Stück Leder in der prallen Sonne. Nur der Rauch der Zigarette, der von seinem Gesicht aufstieg, deutete darauf, daß er lebte. Marhab begann wieder zu reden. »Das ist schon eigenartig. Jemand legt Hunderte von Kilometern zurück, und dann ...«

Mochtar hob das Haupt. »Misch dich nicht in meine Angelegenheiten.«

»Ich meine es ja nur gut mit dir.«

»Laß es lieber sein. Du bist doch kein Geistlicher.«

»Wenn du so weiter machst, bist du spätestens in vier Tagen tot.«

»Was kümmert's dich. Dann bin ich eben tot.«

»Was für ein sonderbarer Mensch du bist.«

Mochtar verzichtete auf eine Erwiderung. Schweigend stand er auf, hüpfte in eine Ecke wie ein Spatz. Er fühlte, daß er für andere eine überflüssige Belastung war, wie eine alte Wunde, vor der sich alle ekeln.

Marhab fragte Moschir: »Wo steht denn das Haus?«

»So wie er es selbst erzählt, muß es hinter den Schienen sein. Was weiß ich? Vermutlich wird es irgendwo bei den Müllagern stehen.«

Mochtar begann ein Selbstgespräch. »Aber mir scheint, daß ich den Schatten eines Mannes bemerkte, der in das Haus ging, und später habe ich gesehen, wie er herauskam. Ich bin auf ihn zugegangen, habe ihn gerufen, ihn gerufen, gerufen.«

Moschir sagte: »Na, da haben wir es. Woher willst du wissen, daß es nicht ein Fremder war, der in deinem Haus verkehrt. Was meint der Herr dazu?«

Mochtar vermochte Moschir keine Antwort zu geben. Er konnte nicht einmal mit den Schultern zukken. Er setzte sein Selbstgespräch fort. »Nein, es ist nichts als eine Wahnvorstellung. Ähnliche Szenen erlebe ich manchmal auch im Traum. Alles Wahnvorstellungen! Ich hatte mir eingebildet, der Mann sei in mein Haus gegangen. Dabei ist das gar nicht mein Haus. Ich habe es doch selbst gebaut, in der Nähe der

Kuhställe. Doch jetzt ist von den Ställen nichts zu sehen. Das Haus steht weit und breit allein. Wer weiß, ob meine Frau nicht das Haus verkauft hat und woanders hingezogen ist? Denn der Grundbrief war auf ihren Namen ausgestellt.«

Moschir lachte ironisch: »Ha, ha. Gott schütze dein Haupt. Die Kuhställe hat die Flut im Frühjahr weggeschwemmt. Sie hätte beinahe auch meine paar Ziegelsteine mitgenommen.«

»Warum hat sie nicht auch das Haus weggeschwemmt?«

»Weil es auf der Anhöhe stand.«

Mochtar konnte es nicht glauben: »Nein, wenn es tatsächlich eine Flut gegeben hätte, dann wäre auch das Haus weggeschwemmt worden.«

»Wie du meinst. Wenn du es nicht glauben willst, laß es sein. Aber es ist nicht sehr ehrenhaft, wenn man mit eigenen Augen sieht, daß ein fremder Mann im eigenen Haus verkehrt, und immer noch ruhig bleibt.«

Mochtars Augenäpfel waren dem Platzen nahe. Seine Zähne knirschten. Er starrte Moschir an. »Sei nicht so mißgünstig, Mann. Meine Frau lebt in Ehren. Warum stichst du mir ständig Nadeln ins Herz? Ich habe überhaupt niemanden gesehen, der ins Haus gegangen wäre.«

»In welches Haus?« Dies fragte Marhab. Die Worte drangen wie bleierne Kugeln aus seiner Brust.

Moschir blickte ihn an und sagte: »Das Haus, unterhalb der Schienen, neben den Ruinen der Kuhställe.«

Mochtar sah gemartert und hilflos in Marhabs unruhige Augen und sagte sanft: »Komm!«

Kurzentschlossen folgte Marhab dieser Aufforderung und stellte sich neben ihn.

»Ja, das Haus hinter den Schienen. Ich, ich habe es selbst gesehen. Bei deiner Jugend schwöre ich, daß ich mit eigenen Augen sah, wie jemand in das Haus hineinging und wieder herauskam. Ich selbst habe ihn gesehen. Aber ich war nicht so nah dran, daß ich sein Gesicht hätte sehen können. Es war zu dunkel. Ich konnte ihn nicht richtig sehen. Aber ich weiß noch, wie er geht, auch seine Stimme habe ich noch im Ohr. Er hatte eine Wolldecke genauso wie deine um die Schultern gelegt. In der Hand trug er ein Bündel. Er dachte, ich wäre ein Bettler. Deshalb legte er mir ein paar Münzen auf ein Teerfaß und verschwand. Hier, hier ist das Geld. Schau, ist das nicht dein Geld, trugst du nicht die Wolldecke? Bist du … bist du nicht der Mann, der aus meinem Haus herauskam?«

»Nein, nein.« Marhab sagte es, als würgten Mochtars Klauen seinen Hals. Mühsam kroch er zur Seite und fiel wie eine Leiche auf das Sofa.

»Ich habe mir alles ausgedacht. Ich weiß, daß ich spinne. Ständig habe ich Wahnvorstellungen.«

Moschir, der Mochtars Worte nicht deutlich gehört hatte, sagte: »Er läßt sich nicht überreden. Ich habe mir schon die Zunge wundgeredet. Besonders in dieser Jahreszeit ist man auf jemanden angewiesen, der sich um einen kümmert, der einem ein Glas Wasser reicht. Aber wenn ich etwas sagte, glaubte er, daß ich dabei an meinen Betrieb und die Enge des Raumes denke.«

Marhab konnte Moschirs Worte nicht ertragen, auch nicht Mochtar in die Augen schauen. Etwas quälte ihn wie ein Nadelstich unter den Fingernägeln. Er war völlig in sich zerfallen. Man könnte sagen, sein Inneres war leer, bar von jeglicher Lust. Er war am Ende.

Mochtar zeigte Moschir seine befleckten Hände. »Wenn du an meiner Stelle wärst, würdest du nach anderthalbjähriger Abwesenheit so nach Hause gehen? Du stellst dir alles so einfach vor. Ich habe in der Fremde ein Bein verloren. Wie kannst du von mir erwarten, daß ich schnurstracks nach Hause gehe und an die Tür klopfe. Was hätte das für einen Sinn? Glaubst du, daß mein Kind mich wiedererkennen würde?«

Keiner sagte ein Wort.

»Bei uns Menschen, Bruder, hängen Freundlichkeit und Liebe vom Geldbeutel ab. Wie kann ich es in diesem Zustand wagen, meinem Kind einen Kuß zu geben? Ich frage mich selbst, woher ich mir das Recht dazu nehmen soll. Ich habe Fieber. Ich rede im Fieberwahn.« Er streckte Marhab die Hand hin.

Marhab nahm sein Handgelenk zwischen die Finger und sagte: »Nein, kaum.«

»Doch, ich habe Fieber, ich merke es selbst. Jeden Abend um diese Zeit bekomme ich Fieber.«

»Du mußt auf jeden Fall zu schlafen versuchen.«

»Schlafen?«

Moschir erhob die Stimme: »Er soll endlich sagen, ob er gehen oder bleiben will!«

»Wohin soll ich gehen? Ich wünschte, ich könnte wieder zurück ans Meer, zu dem Hafen. Hier fühle ich mich noch fremder. Hier ist mir nichts mehr vertraut. Ich komme mir tatsächlich überflüssig vor.«

»Denk doch mal an die Zukunft. So kann es doch nicht weitergehen.«

Marhab schrie Moschir an: »Hörst du nicht! Er hat doch gesagt, er kann nicht.«

»Er kann es nicht, und ich? Hier ist mein Geschäft, es ist kein Wallfahrtsort. Die warme Moschee und der bequeme Bettler. Ich kann dich für eine Nacht aufnehmen, für zwei oder fünf Nächte, mehr schaffe ich nicht, Bruder. Ein Hauch von Scham ist jedes Menschen Zier.« Moschir fragte: »Was soll ich tun?«

Was konnte Marhab dazu sagen. Er blieb stumm.

Moschir fuhr fort: »Kurz gesagt, mich geht das alles nichts an. Abgesehen von den Kosten hast du in diesem engen Raum einen Platz besetzt, den ein anderer hätte benutzen können. Wenn du nicht hier wärst, könnte ich mindestens noch zwei von den Straßenarbeitern hier übernachten lassen, dafür etwas Geld nehmen und damit meine Qualen und die meiner Familie etwas lindern. Doch wer würde jetzt hier übernachten und sich die ganze Nacht hindurch dein Gejammer anhören? Von abends bis morgens redet er wie im Fieber. Zehn Nächte lang habe ich meinen Mund gehalten. Jeder andere wäre darauf gekommen, daß es so nicht weitergehen kann. Ach, alle legen mir auf irgendeine Weise eine Last auf den Buckel.«

Mochtar erhob sich, nahm das Kleingeld, das er vom Teerfaß genommen hatte, aus der Tasche, legte es neben den Teekessel, nahm Marhabs Mantel von den Schultern, warf ihn auf das Sofa und schritt zur Tür.

Marhab wußte nicht, was er tun sollte. Er fühlte sich so, als habe man ihn mit einer Zange festgehalten. Er war am Ersticken.

Moschir wandte sich an Marhab und sagte: »Bei Gott, bei Ali, es ist nicht so, wie du denkst. Jedesmal, wenn ich diesen Mann sehe, verliere ich einen Teil meines Gewichts. Vor soviel Elend wird mir ganz übel. Glaubt ihr, es ginge mir um eine Übernachtung? Bei Gott nicht. Ich kann ihn nicht mehr sehen, sein Gejammer nicht mehr ertragen. Hier ist doch eine Teestube, kein Krankenhaus oder Bettlerverein. Ich sage es ihm doch ins Gesicht. Seitdem er hierher kommt, ist nicht nur das Bein meiner Tochter verbrannt. Auch ein paar Straßenarbeiter, die hier übernachteten, lassen sich nicht mehr blicken. Sie behaupten, sie hätten in den Untertassen Läuse gesehen. Selbst wenn ich vor ihnen den Koran zerreißen und schwören würde, daß es nur eine Augentäuschung war, werden sie es mir nicht glauben. Wäre es Sommer, dann würde man sagen, er wird sich irgendwo hinlegen und schlafen. Seit zehn Tagen schon möchte ich ihm sagen, daß er meinem Geschäft schadet. Aber ich schäme mich. Er ist ein Muslim, es wäre eine Sünde, ihm die Hilfe zu verweigern, das würde Gott nicht gefallen. Doch anderseits merke ich, daß allmählich selbst die Mücken dieses Lokal meiden. Ich sehe, wie seine Anwesenheit mir und meinen vier Kindern das Leben schwer macht, daß er unser Brot in Ziegelsteine verwandelt hat. Was würdet ihr an meiner Stelle tun?«

Marhab schwieg. Der fremde Gast suchte seine Pfeife, der Schelm bewegte sein Haupt. Moschir reichte dem Fremden seine Pfeife, die unter dem Sofa lag. Mochtar lag im Grab. Er schritt zum Ausgang. Marhab wußte nicht, wie er sich verhalten sollte, was er tun könnte. Er stand lediglich auf. Mochtar schaute zu ihm zurück: »Fahre nicht nach Kuwait. Es ist schade um dich, du bist noch so jung.«

Er öffnete die Tür und ging hinaus. Marhab nahm den Mantel, legte ihn über seine Schultern, ging ebenfalls hinaus und folgte Mochtar in den Schnee. Beide schwiegen. Marhab wollte irgendetwas sagen, sein Herz ausschütten, aber er konnte nicht. Als ob man ihm die Lippen aneinander geheftet hätte. Nach etwa hundert Schritten blickte Mochtar Marhab an und gab ihm zu verstehen, daß er ihn allein lassen sollte. Marhab legte seinen Mantel auf Mochtars Schultern, der ließ den Mantel auf die Erde fallen. Marhab beugte sich zum Boden, nahm den Mantel vom Schnee und blickte Mochtar nach, der an den Holzkrücken hing und sich allmählich entfernte. Die Entfernung wurde immer größer, bis Mochtar wie ein Flecken an der Oberfläche der Finsternis erschien.

Marhab kam zu sich, kehrte um, senkte das Haupt und ging zum Teehaus zurück. Sein Herz brannte in Flammen. Er wünschte, er könnte laut schreien.

14

Der fremde Gast hatte sich, seines Schlafes beraubt, auf die Knie gehockt und seine Pfeife angezündet. Der Schelm lag seitlich und schnarchte. Moschir kam aus der Kammer, warf das Kissen, das er unter dem Arm trug, auf das Bett und setzte sich auf den Bettrand. Er fraß seinen Schmerz in sich hinein, und es schien, daß seine Brust noch von Qual und Leid erfüllt war. Er redete vor sich hin: »Mein Gott, was habe ich für ein

Schicksal. Mich hat das Glück noch nie aufgesucht. Das ganze Leben ist ein einziges Elend.«

Der fremde Gast bot Moschir seine Pfeife an. »Nun ja, alles hat irgendwo eine Grenze.«

»Es ist schon der dreizehnte Abend, Bruder. Das ist kein Spaß mehr. Hier ist doch wahrlich kein Armenhaus.«

»Wir sind alle machtlos. Möge Gott allen den rechten Weg erweisen.«

Marhab trat ein, schloß die Tür hinter sich und blieb stehen. Sein Gesicht sah grimmig aus, seine Augen waren erfüllt von Wut.

Moschir hatte Angst, wußte aber nicht warum. Er spürte, daß er Marhab zuvorkommen und mit ihm reden mußte. Er sagte: »Du hättest ihn dir genau ansehen und dein eigenes Spiegelbild in ihm sehen sollen.«

Marhab antwortete nicht, setzte sich auf einen Stuhl und senkte das Haupt.

Moschir fuhr fort: »Hast du ihn richtig erlebt? Willst du immer noch nach Kuwait ziehen? Hast du gemerkt, daß er wie ein Drachen aussieht?«

Wie ein Adler starrte Marhab schweigend Moschir an.

Moschir senkte den Blick. »Jeder macht seine Rechnung auf seine Weise. Ich habe ihn auf meine Weise dazu getrieben, nach Hause zu gehen.«

Moschir wünschte eine Antwort, aber keiner hatte etwas zu sagen. Also fuhr er fort: »Außerdem klebt er hartnäckig am Leben wie ein Hund. Es wird ihm gar nichts passieren. Wer das Gegenteil behauptet, soll morgen abend zu den Schienen gehen. Er wird wie eine Spinne neben den Schienen am Boden kleben.

Sollte das nicht zutreffen, habe ich vom Leben nichts begriffen. Und der Schüttelfrost ist nur Raffinesse!«

Marhab schwieg immer noch.

»Es wird ihm nichts geschehen. Und selbst wenn ihm etwas zustoßen sollte, was geht mich das an? Habe ich ihm dieses Schicksal beschert? Bin ich schuld an seiner Verkrüppelung? Was kann ich dafür, wenn er zu seinem Haus geht, sich aber nicht hineinwagt? Der Fluch soll den treffen, der ihn in diesen Zustand versetzt hat. Und seine Sorgen soll derjenige tragen, der in seinem Haus verkehrt. Habe ich etwa seine Frau unter meine Schenkel gelegt?«

Das plötzliche Klirren von Teegläsern und Untersätzen ließ Moschir innehalten. Marhab hatte sie zerbrochen. Er war aufgestanden, knirschte jetzt mit den Zähnen und stand wie eine Katze auf der Lauer. »Halt endlich den Mund!«

Moschir schloß die Lippen und schwieg. Der fremde Gast wechselte seine Blickrichtung. Der Schelm öffnete die Augenlider, und Marhab ging zur Tür. Dort blieb er stehen, starrte durch die staubige Scheibe ins Dunkel der Nacht. Ein schweres Schweigen lastete im Raum.

Die Tür öffnete sich. Masch Mola, der Weichensteller, erschien zwischen den Türflügeln. Er hatte den Rand seiner Mütze bis zu den Augen hinuntergezogen. Er trug einen Pelzmantel über den Schultern und eine kleine Lampe in der Hand. Er ging direkt zu seinem Platz, setzte sich hin, rieb mit der Handfläche seine Nase und sagte: »Moschir, bring mir meine Teekanne.«

Moschir erhob sich, brachte ihm seine Teekanne.

Masch Mola sagte: »Den Kerl habe ich wiedergesehen.«

Niemand sagte etwas. Masch Mola fuhr fort: »Ich meine den Krüppel, den, der mich beim Teetrinken überbot. Immer treibt er sich, wie der Geist des Teufels, hier in der Gegend herum. Ich glaube, er hat nicht alle Sinne beisammen.«

Immer noch erhielt er keine Erwiderung. »Ich fragte ihn, wohin er so spät in der Nacht gehen wolle. Aber anscheinend hat er mich nicht gehört. Mit gesenktem Haupt lief er wie eine Leiche den Schienen entlang. Wie er aussieht! Wenn ihm jemand in der Nacht begegnet, wird er vor Schreck in Ohnmacht fallen.«

Marhab unterbrach den alten Mann: »Wann kommt der Zug an, Väterchen?«

»Wenn diese Teekanne leer ist.«

»Dann trinke schneller.«

Der Weichensteller starrte ihn an. Marhab drehte sich um, ballte die Faust, schlug an die Wand und sagte: »Ach, was möchte ich jetzt tun? Ich will heute abend irgendetwas zerstören, verbrennen. Ich muß etwas tun, ich muß ein Chaos schaffen.«

Masch Mola wandte sich an Moschir: »Möge Gott keinem seiner Untertanen das Denkvermögen verweigern.«

Der fremde Gast sagte: »Auch der arme Krüppel würde, wenn er vernünftig denken könnte, nach Hause gehen und sich nicht so herumtreiben.«

Moschir sagte: »Ganz genau.«

Der Fremde sagte: »Es gibt ein altes Sprichwort, das besagt: Was hast du dem verweigert, dem du die Vernunft geschenkt hast, und was hast du dem geschenkt, dem du die Vernunft verweigert hast? Das ist ein ganz altes Sprichwort.«

»Ein Philosoph hat einmal gesagt: Die Vernunft ist das höchste Gut«, sagte Moschir. Masch Mola führte weiter aus: »Man sagt, ein vernünftiger Mensch sei wertvoller als tausend Unwissende.«

Der fremde Gast, der anscheinend seine Sprache wiedergefunden hatte, sagte: »Die Vernunft sagt: Es ist leichter mit einem Hund in einem Bastsack zu leben als mit einem Dummen unter freiem Himmel.«

»Bravo.«

»Fürwahr.«

Der Fremde schien am Reden Gefallen gefunden zu haben und fuhr fort: »Gerade aus diesem Grund sagt die Vernunft: Einen Stein, den ein Verrückter in den Brunnen wirft, können tausend vernünftige Menschen nicht herausholen.«

»Bravo.«

»Fürwahr.«

Der Fremde redete weiter: »Man verbot dem Verrückten das Getreide anzuzünden, aber er nahm die Fackel und legte es in Flammen.«

Das Pfeifen der Lokomotive wirkte wie ein Dolchstoß in die Brust eines Mädchens. Der angenehme Fluß der Worte brach ab. Masch Mola, der Weichensteller, rannte verwirrt und verärgert zu seinen Stiefeln, fiel zu Boden, stand wieder auf, nahm seine Stiefel, jetzt fiel ihm die Mütze vom Kopf, er beugte sich zu Boden, um sie aufzuheben, dabei stieß er mit dem Zipfel seines Pelzmantels gegen die kleine Lampe, die Lampe fiel hin und erlosch. Er hob sie auf und eilte zur Tür. Marhab drehte sich um, rannte, um seine Wolldecke mitzunehmen und stieß dabei auf die Brust des Weichenstellers. Beide fielen hin. Masch Mola fluchte, stand auf und ging zur Tür, öffnete schnell die Tür und rannte in den Schnee.

Marhab lachte immer noch. Er ließ keine Gelegenheit verstreichen, um lachen zu können. Er warf die Wolldecke über die Schulter, legte Moschir ein paar Münzen hin und ging. Das scharfe und ohrenbetäubende Pfeifen des Zuges, das Geräusch des Bremsens und das widerliche Kreischen der Räder auf den Schienen und dann ein Schrei, ähnlich wie ein Gemisch des Geheuls einer Eule und eines Menschen, nagelten Marhab an dem Boden fest. Sein Herz zerbrach, seine Füße wurden eiskalt, er konnte sich nicht bewegen. Moschir, der fremde Gast und der Schelm schoben ihn vom Eingang weg und rannten hinaus.

Der Zug stand still. Die Fahrgäste hatten aus den Fenstern die Köpfe herausgestreckt und versuchten mit gestreckten Hälsen, das Geschehen zu beobachten. Der Beifahrer des Lokomotivführers war ausgestiegen, um die Folgen des Unfalls festzustellen. Sie lag vor ihm: eine Leiche, zerquetscht wie Hackfleisch. Der Beifahrer spuckte: »Hundesohn.« Der Zug bewegte sich, der Beifahrer faßte den Türgriff des Führerraums, der Zug fuhr ab.

Marhab kam zu sich. Er mußte abreisen. Aber warum konnte er nicht losrennen, warum gehorchten ihm seine Beine nicht? Der Zug fuhr weiter, Marhab erreichte die Schienen, der letzte Wagen war gerade dabei, an ihm vorbeizufahren. Er mußte rennen. Noch könnte er mit der Hand die Eisenstange greifen und seine Füße von der Erde wegreißen. Aber er merkte, daß er es nicht schaffen würde.

Mühsam begab er sich dahin, wo einige Menschen

versammelt waren. Vier Schritte. Er stieß mit dem Schuh gegen einen Gegenstand, er beugte sich: eine abgetrennte Hand und eine Holzkrücke. Er blieb stehen, nein, er mußte weitergehen. Zu spät. Der Zug entfernte sich immer weiter, immer mehr Menschen hatten sich versammelt. Zwischen den Schienen lag eine Lache Blut.

Der Schelm kratzte sich zwischen den Schenkeln und meinte: »Wegen so etwas läßt sich der Zug nicht aufhalten.« Er drehte sich um und wollte zum Teehaus zurückkehren.

Der fremde Gast sagte: »Das wird für den Weichensteller nachteilige Folgen haben.«

Moschir wandte sich ab von dem Blut und den Fleischstücken, die zwischen den Eisenzähnen lagen, bewegte den Kopf hin und her und setzte zum Gehen an. »Er war selbst an allem Schuld.«

Alle kehrten mit gebücktem Rücken zu der Kneipe zurück. Marhab blieb allein. Schweigen, Einsamkeit, Eis, endlose Augenblicke. Er stand immer noch. Dann beugte er sich sanft zu Boden, nahm Mochtars Krücke, richtete sich auf, atmete tief, lehnte sich auf die Krücke und blickte auf das einsame, dunkle Haus hinter den Schienen.

Die Finsternis hatte sich auf Marhabs Schultern gelegt.